書泉出版社

書泉出版社

書泉出版社

書泉出版社

日檢N4,N5合格
文法完全學會

Newest Japanese Grammar

東吳大學日文資深補教名師，
應考合格對策完全提供。

潘東正——著
潮田耕一 校正/錄音

　　約莫十餘年前，正好我在南陽街教授托福 GRE 等留學英語。當時應救國團的邀請，協助青年服務社開創新的語文班，因此結識了幾位認真負責、創意十足的好老師。教日語的潘東正老師正是其中教學表現突出的一位。

　　在現代聲色誘惑的環境中，光怪陸離的社會裏，能靜心向學，學習語言從基礎直到初、中、高級而毫不懈怠的學生，固然鳳毛麟角；但是能視學生若友人且循循善誘、誨人不倦的老師，更是難能可貴，潘老師正是如此難得的好老師。

　　雖然，我曾兼任華視訓練中心的英、日語教學策劃達五年之久，但是我於日語教學是個門外漢，任何日語教材對我而言均十分陌生。然而我仍斗膽為文，向讀者介紹潘老師及其編著的一系列日語叢書，原因有二：一為日語和韓語在語音和語法上，頗多相近之處，而我在大學時即主修韓語，韓國友人中有不少學日語者，他們僅學習一年半載即對答如流，使得我對於日語有一份親近感。二為大約在 1995 年至 1998 年間，潘老師編寫此一系列日語叢書時，我正主持西蒙出版社，目睹潘老師孜孜不倦地埋首於編寫日語教材講義中，於是請他將其心血付梓印行，潘老師則商請日籍人士吉村正子老師審稿校正。發行後果然一版再版，對當時參加日本語能力試驗（日文檢定）的學生們，在日語學習上產生極大的助益。

最近，我與五南主編黃惠娟小姐談及此事，便極力推薦此一系列叢書，她欣然接受，並予刊印發行，同時請我撰寫推薦序，我亦樂於推薦。相信此套叢書必能使學習者有所啓發，讀者們若用心閱讀與練習，肯定獲益匪淺！

全球模考股份有限公司

董事長兼總經理

高志豪

日語句子中最重要的架構便是主述語，什麼是主述語呢？

主語：主導句子變化的主角，通常為人或事物。

述語：敘述主語發生的事情的內容。

而日語的述語中共有四種，即「名詞、動詞、形容詞、形容動詞。」
主述語常見模式為：

1. 名詞述語

<u>人或事物</u>は（が）<u>名詞</u>。
  主語   述語

例如：

私<small>わたし</small>は　学生<small>がくせい</small>です。

（我是學生。）

田中<small>たなか</small>さんは　先生<small>せんせい</small>ではありません。

（田中先生不是老師。）

2. 動詞述語

<u>人或事物</u>は（が）<u>動詞</u>。
  主語   述語

例如：

私<small>わたし</small>は　寝<small>ね</small>ます。

（我要睡覺。）

子供は　ご飯を　食べません。

（小孩子不要吃飯。）

3. 形容詞述語

人或事物は（が）形容詞。
　主語　　　　　　　述語

例如：

彼女は　美しい。

（她長得美。）

今日は　暑くありません。

（今天不熱。）

4. 形容動詞述語

人或事物は（が）形容動詞。
　主語　　　　　　　述語

例如：

公園は　静かだ。

（公園是安靜的。）

この花は　奇麗ではありません。

（這花不漂亮。）

　　在主述語間常出現時間、事物、人物對象、副詞、助詞等語詞，使語意更清晰完整。

例如：

私は　毎日　日本人と　日本語を　よく　話しています。
主語　時間　動作對象　動作内容　副詞　　動詞述詞

（我每天經常和日本人說日本話。）

本書便是針對日文學習者常感頭痛的述語——動詞、形容詞、形容動詞為重點，予以系統整理分析，使學習者省時省事，裨收到事半功倍之效。

　　本書之再版，承蒙五南出版社副總編輯黃惠娟、胡天如小姐等，竭盡心力，華視教學主編高志豪老師鼎力相助，日籍吉村正子和潮田耕一老師仔細校對，得以順利完成，筆者在此由衷致謝。

潘東正 謹識

　　本書將文法問題（動詞、形容詞、形容動詞）扼要整理，主要的編排方式如下：

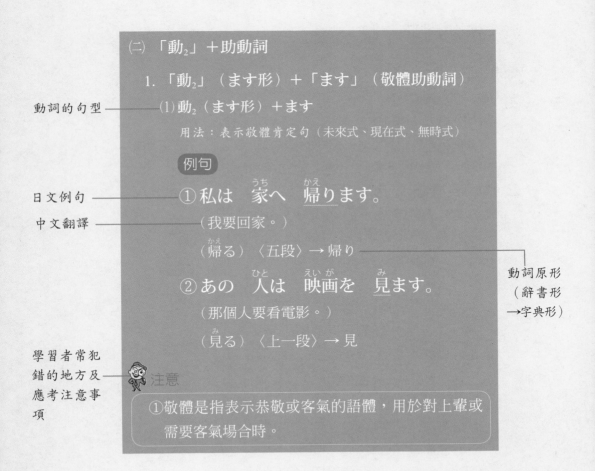

動詞的句型 ————

(二) 「動₂」＋助動詞

　1. 「動₂」（ます形）＋「ます」（敬體助動詞）

　　(1)動₂（ます形）＋ます

　　　　用法：表示敬體肯定句（未來式、現在式、無時式）

　　　例句

日文例句 ————

　　①私は　家へ　帰ります。

中文翻譯 ————

　　（我要回家。）

　　（帰る）〈五段〉→ 帰り ————

　　②あの　人は　映画を　見ます。

　　（那個人要看電影。）

　　（見る）〈上一段〉→ 見

動詞原形（辭書形 →字典形）

學習者常犯錯的地方及應考注意事項 ————

注意

　①敬體是指表示恭敬或客氣的語體，用於對上輩或需要客氣場合時。

目　　錄

形容詞篇

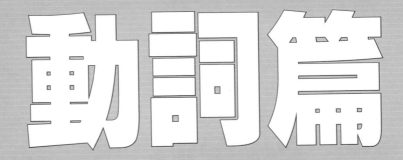

動詞篇

一、動詞的特徵

動詞由於詞尾變化的不同而區分為五種（多數的字典都以此分類）：

1. 五段動詞（Ⅰ類動詞）　　4. カ行變格動詞（Ⅲ類動詞）

2. 上一段動詞（Ⅱ類動詞）　　5. サ行變格動詞（Ⅲ類動詞）

3. 下一段動詞（Ⅱ類動詞）

每種動詞的詞尾都有 6 種變化，每個變化中各有其用法或接續（助動詞或助詞）。

學習動詞的步驟如下：

1. 先區分出是哪一種動詞

2. 排出詞尾 6 種變化表

3. 了解其各種變化的用法

1. 如何區分各種動詞

(1)五段動詞（Ⅰ類動詞）區分的方法

①動詞第 3 變化〔又稱原形或辭書形（字典形），字典中以此形態出現〕的詞尾為「る」以外的「う」段音（う、く、す、つ、ぬ、む、ぐ、ぶ）者。例如：

会<ruby>会<rt>あ</rt></ruby>う（見面）、<ruby>聞<rt>き</rt></ruby>く（聽）、<ruby>泳<rt>およ</rt></ruby>ぐ（游泳）、<ruby>話<rt>はな</rt></ruby>す（說）、

<ruby>持<rt>も</rt></ruby>つ（帶著）→ ○○● （●為「う」段音。）

②動詞第 3 變化（字典形）的詞尾是「る」，而「る」的前一個音是「あ段」、「う段」、「お段」音者。例如：

あ段音（あ、か、さ、た、な、は、ま、や、わ、ざ、ば）

<ruby>掛<rt>か</rt></ruby>かる（耗費）、<ruby>終<rt>お</rt></ruby>わる（結束）　←○●る

う段音（う、く、す、つ、ぬ、む、ゆ、ぐ、ぶ）

売る（賣）、作る（做）　←　○●る

お段音（お、こ、そ、と、の、ほ、も、よ、ご、ど、ぼ）

取る（取）、通る（通過）　←　○●る

(2)上一段動詞（II類動詞）區分的方法

　　動詞第3變化（字典形）的詞尾是「る」，而「る」的前一個音爲「い段」音者。例如：

い段音（い、き、ち、に、ひ、み、り、ぎ、じ、び）

居る（存在）、起きる（起床）、見る（看）　←　○●る

例外

形態屬於「上一段動詞」（II類動詞），卻是「五段動詞」（I類動詞）者，例如：

要る（需要）、切る（切）、知る（知道）、入る（進入）、

走る（跑）……

(3)下一段動詞（II類動詞）區分的方法

　　動詞第3變化（字典形）的詞尾是「る」、而「る」的前一個音爲「え段」音者。例如：

え段音（え、け、せ、て、ね、へ、め、れ、げ、ぜ、で、べ）

開ける（開）、寝る（睡）、食べる（吃）　←　○●る

例外

形態屬於「下一段動詞」（II類動詞），卻是「五段動詞」（I類動

詞）者，例如：

帰る（回家）、蹴る（踢）、茂る（繁茂）、

照る（照射）、減る（減少）……

(4)カ行變格動詞（III類動詞）區分的方法：

只有一個動詞→来る（來）

(5)サ行變格動詞（III類動詞）區分的方法：

只有一個動詞→する（做，弄）

2. 如何排列動詞詞尾變化表

(1)五段動詞（I類動詞）的詞尾變化

要訣：詞幹不變，只有詞尾在變，現以「─」為詞幹，一・五、
二、三、三、四、四為詞尾，表列公式如下：

1	2	3	4	5	6
─一 ・ ─五	─二	─三	─三	─四	─四

說明：找出動詞第3變化（字典形）的詞尾音在50音圖中屬於
哪一行，自該行第一個音算起，按照「一、二、三、三、
四、四、五」的順序填入6個變化表格中即可〔五段動詞
第1變化（ない形・意向形）有兩個〕。例如「読む（讀）」
的詞尾音為「む」，屬於50音中的「ま」行，即按照「ま、
み、む、む、め、め、も」的詞尾音順序填入，公式如下：

1	2	3	4	5	6
読ま 読も	読み	読む	読む	読め	読め

(2)上一段與下一段動詞（II類動詞）的詞尾變化

詞尾變化方式相同。

要訣：詞幹不變，只有詞尾在變，現以「—」爲詞幹，表列公式

如下：

1	2	3	4	5	6
—	—	—る	—る	—れ	—ろ —よ

說明：第1、2變化只有詞幹，第3、4變化相同，第4、5、6變

化的詞尾爲「る」「れ」「ろ」，第6變化再多塡入「—よ」。

現以「居る（在）」（上一段動詞）與「寝る（睡）」（下一

段動詞）爲例，套入公式如下：

1	2	3	4	5	6
居	居	居る	居る	居れ	居ろ よ
寝	寝	寝る	寝る	寝れ	寝ろ よ

(3)カ行變格動詞（III類動詞）的詞尾變化

6種變化皆不規則，死背較快。如下表：

1	2	3	4	5	6
来	来	来る	来る	来れ	来い

(4)サ行變格動詞（III類動詞）的詞尾變化

6種變化也不規則，死背較快。如下表：

1	2	3	4	5	6
さ・ し・ せ	し	する	する	すれ	せよ しろ

注意

「する」常與帶有「動作意義」的「名詞、副詞、外來語」結合成「複合動詞」。

例如：

  ⊙結婚する（結婚）

  ⊙はっきりする（弄清楚）

  ⊙サインする（簽名）……

  其詞尾變化方式與「する」相同。例如：

1	2	3	4	5	6
さ 結婚し せ	結婚し	結婚する	結婚する	結婚すれ	せよ 結婚 しろ

3. 詞尾特殊變化的動詞

①五段動詞（I 類動詞）第 3 變化（即原形）的詞尾是「う」時，其第 1 變化爲「わ」（而不是「あ」）及「お」，以「会う（見面）」爲例，圖示如下：

1	2	3	4	5	6
わ 会 お	会い	会う	会う	会え	会え

②五段動詞（I 類動詞）中的「有る（有）」的第 1 變化只有一個「あろ」。圖示如下：

1	2	3	4	5	6
× 有 ろ	有り	有る	有る	有れ	有れ

③下一段動詞（II類動詞）的「呉れる（給）」的第6變化只有詞幹。

如圖所示：

1	2	3	4	5	6
呉れ	呉れ	呉れる	呉れる	呉れれ	呉れ

④五段動詞（I類動詞）中有四個詞尾變化特殊的動詞，即：

⊙なさる（做）　　⊙下さる（給）

⊙いらっしゃる（去、來、在）　⊙おっしゃる（說）

其特殊之處在第2及第6變化。圖示如下：

1	2	3	4	5	6
なさ ら ろ	なさ り い	なさる	なさる	なされ	なさい
下さ ら ろ	下さ り い	下さる	下さる	下され	下さい
いらっしゃ ら ろ	いらっしゃ り い	いらっしゃる	いらっしゃる	いらっしゃれ	いらっしゃい
おっしゃ ら ろ	おっしゃ り い	おっしゃる	おっしゃる	おっしゃれ	おっしゃい

由於其詞幹不變，只有詞尾在變，可將圖表簡化如下：

1	2	3	4	5	6
── ら ろ	── り い	──る	──る	──れ	──い

 注意

「動₂（ます形）＋ます」時，要用「──い」來接。例如：

⊙手紙を出して下さいませんか。

（能否替我寄一下信？）

二、動詞各種變化的用法

CD: 1

第一節　動詞第 1 變化的用法

動詞第 1 變化（以下簡稱為「**動₁**」）的用法整理如下：

本身用法	接　　　續		
	助動詞	助詞	其他
×	1.ない（否定助動詞） 2.う・よう（意向助動詞） 3.れる・られる（尊敬・可能・被動・自發助動詞） 4.せる・させる（使役助動詞） 5.ぬ（否定助動詞） 6.まい（否定意量助動詞）	×	×

現在分別敘述「動₁」的用法如下：

(一)　「動₁」＋「助動詞」

1. 「動₁」（又稱：ない形）＋「ない（否定助動詞）」

  (1)「動₁」（ない形）＋「ない」

   用法：表示常體否定句（未來式、現在式、無時式）（不～；沒～）

   例句

   ①私は　本を　読まない。

   （我不讀書。）

   （読む）〈五段〉→ 読ま＋ない

   ②あの　人は　映画を　見ない。

   （那個人不看電影。）

   （見る）〈上一段〉→ 見＋ない

③あの 子供は ご飯を 食べない。

（那個小孩子不吃飯。）

（食べる）〈下一段〉→ 食べ＋ない

④彼は 学校へ 来ない。

（他不來學校。）

（来る）→ 来＋ない

⑤ 弟は 英語を 勉強しない。

（弟弟不讀英文。）

（勉強 する）→ 勉強し＋ない

動詞篇

注意

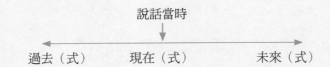

①「常體」（普通形）是指不需要表示恭敬或客氣的語體，常用於熟人 之間或上輩對下輩說話時。

②時式是根據說話的「以前」、「當時」、「以後」分為「過去式」、「現 在式」、「未來式」如圖所示：

說話當時

過去（式）　　　現在（式）　　　　未來（式）

「無時式」是指無時間限制的習慣、常理、定理。

③五段動詞（I 類動詞）第 1 變化（ない形）＋「ない」時，要用第 1 變化的「あ段」音來接。如例句①。

④さ行變格動詞「する」（III 類動詞）第 1 變化有「さ、し、せ」，用 「し」來接「ない」。如例句⑤。

⑤此項用法要表示「敬體」（禮貌形）時，則用「動₂（ます形）＋ま せん」。

⑥此項用法多以「未來式」或「無時式」形態出現。能以「現在 式」形態出現者，只限於少數表示「存在（ある、いる）」、「能力

（できる、聞こえる、見える、読める……）」方面的動詞。

⑦「ない」稱爲否定助動詞，其詞尾 5 個變化與形容詞相同，列表如下。

1	2	3	4	5	6
なかろ	なかっ なく	ない	ない	なけれ	×

(2)「動₁」（ない形）＋「なかった」

用法：表示常體否定句（過去式）（不～；沒～）

例句

① 私は　昨日　本を　読まなかった。

（我昨天沒看書。）

（読む）〈五段〉→読ま＋なかった

② あの　人は　先週　映画を　見なかった。

（那個人上個禮拜沒看電影）。

（見る）〈上一段〉→見＋なかった

③ 子供は　今朝　ご飯を　食べなかった。

（小孩子今天早上沒吃飯。）

（食べる）〈下一段〉→食べ＋なかった

④ 彼は　午後　学校へ　来なかった。

（他下午沒有來學校。）

（来る）→来＋なかった

⑤ 弟は　今晩　英語を　勉強しなかった。

（弟弟今天晚上沒有讀英文。）

（勉強する）→勉強し＋なかった

日檢 N4、N5 合格・文法完全學會

注意

此項用法要表示敬體時，用「動₂（ます形）＋ませんでした」。

(3)「動₁」（ない形）＋「なかったら」

用法：表示否定的假設（不～的話）

例句

① もし、あそこへ 行かなかったら、あなたとは 会えませんでした。

（如果沒去那裏的話，就無法和你見面了。）

（行く）〈五段〉→ 行か＋なかったら

② 上着を 着なかったら、風邪を 引きますよ。

（若是不穿上衣的話，會感冒哦！）

（着る）〈上一段〉→ 着

③ ご飯を 食べなかったら、痩せて 来ます。

（不吃飯的話，會瘦下來。）

（食べる）〈下一段〉→ 食べ

④ 台風が 来なかったら、会社へ 行って下さい。

（如果颱風不來的話，就請到公司去。）

（来る）→ 来

⑤ 努力しなかったら、落第しますよ。

（如果不努力的話，會落榜哦！）

（努力する）→ 努力し

(4)「動₁」（ない形）＋「なくて」（否定中止形）

用法1：表示否定的連續敘述（不～；沒～）

動詞篇

日檢 N4、N5 合格‧文法完全學會

例句

① 私は 果物も 食べなくて、ジュースも
飲みません。

（我不吃水果，也不喝飲料。）

（食べる）〈下一段〉→ 食べ＋なくて

② 林さんは テレビも 見なくて、音楽も
聞きません。

（林先生不看電視，也不聽音樂。）

（見る）〈上一段〉→ 見＋なくて

用法 2：表示對比性的敘述（不～；沒～）

例句

お父さんは 家に 居なくて、お母さんは 家に います。

（父親不在家而母親在家。）

（居る）〈上一段〉→ 居＋なくて

用法 3：表示原因（因爲～）

例句

① 魚 が 全然 釣れなくて、残念でした。

（魚都沒釣到，眞是可惜。）

（釣れる）〈下一段〉→ 釣れ＋なくて

② 食事していなくて、お腹が 空きました。

（因爲沒吃東西，肚子餓了。）

（食事する）→ 食事し＋ている → 食事し＋てい＋なくて

注意

①中止形與「語體（常體・敬體）或時式」用法無關，即句子的語體
　和時式表現由「句尾」決定。

②「動₁＋なく」也有「副詞性」的用法來修飾動詞，例如：

　⊙ 住宅が 足りなく なる。

　（住宅會變得不夠。）

　（足りる）〈上一段〉→ 足り＋なく

(5)「動₁」（ない形）＋「ないで」

　　用法：表示否定的連續敍述（不～；沒～）

例句

① 家へ 帰らないで、友達の 家に 泊まります。

　（不回家而在朋友家裏過夜。）

　（帰る）〈五段〉→ 帰ら

② どこにも 行かないで、家で 洗濯します。

　（哪裏都不去，而在家裏洗衣服。）

　（行く）〈五段〉→ 行か

③ テレビを 見ないで、雑誌を 読みます。

　（不看電視而看雜誌。）

　（見る）〈上一段〉→ 見

④ 何も 食べないで、外出 しました。

　（什麼都沒吃就出去了。）

　（食べる）〈下一段〉→ 食べ

⑤ 日曜日に 読書しないで、マージャンを しています。

　（禮拜天不研讀而在打麻將。）

　（読書する）→ 読書し

注意

此項用法可代換成「動₁（ない形）＋ずに（文語用法「ぬ」的第２變化）」。例如：読まないで → 読まずに

(6)「動₁」（ない形）＋「なくても」

用法：表示出現違反常理的現象（即使不……）

例句

①お金を　払わなくても　大丈夫です。

（不付錢也沒有關係。）

（払う）〈五段〉→ 払わ

②早く　起きなくても、会社に　間に合います。

（即使不早起，也來得及上班。）

（起きる）〈上一段〉→ 起き

③ご飯を　食べなくても、お腹は　空きません。

（雖然沒吃飯，也不覺得肚子餓。）

（食べる）〈下一段〉→ 食べ

④日曜日　見学に　来なくても　いい。

（禮拜天即使不來見習也沒關係。）

（来る）→ 来

⑤説明しなくても、分かるでしょう。

（即使不說明也明白吧！）

（説明する）→ 説明し

(7)「動₁」（ない形）＋「なくても　いい」

用法：表示可以不做某動作（即使不……也可以）

記憶竅門

CD: 1

由「なく（否定）＋ても（即使）」聯想。再由「いい」（好）聯想此句型之意為「即使不～，也可以」。

例句

① 日曜日　会社へ　行かなくても　いい（です）。

（禮拜天可以不去上班。）

（行く）〈五段〉→ 行か

② 六時に　起きなくても　いいです。

（即使六點不起床也沒關係。）

（起きる）〈上一段〉→ 起き

③ 刺身を　食べなくても　いいです。

（即使不吃生魚片也沒關係。）

（食べる）〈下一段〉→ 食べ

④ 来なくても　いいです。

（不來也沒關係。）

（来る）→ 来

⑤ 運動しなくても　いいです。

（即使不運動也沒有關係。）

（運動する）→ 運動し

(8)「動₁」（ない形）＋「なければ　なりません」

用法：表示必需做某種動作（不……不行）

例句

① 帰らなければ　なりません。

（必需回家。）

015

（帰る）〈五段〉→ 帰ら

②電車を　降りなければ　なりません。

（不下電車不行。）

（降りる）〈上一段〉→ 降り

③十時に　寝なければ　なりません。

（必需十點鐘睡覺。）

（寝る）〈下一段〉→ 寝

④事務所に　来なければ　なりません。

（必需到辦公室來。）

（来る）→ 来

⑤食事しなければ　なりません。

（不吃飯不行。）

（食事する）→ 食事し

 注意

①此項用法在「口語體」中「れば」會轉音成「りゃ」、「ければ」會
　轉音成「きゃ」。例如：
　⊙薬を　飲まなければ
　　→薬を　飲まなけりゃ
　　→薬を　飲まなきゃ
②此項用法的相關句型有「動₁（ない形）＋なくては（いけません・
　成りません）」。例如：
　⊙学校へ　行かなくては（いけません・成りません）。
　（不去學校不行。）
　口語中的「ては」會轉音成「ちゃ」
　⊙学校へ　行かなくちゃ。

(9)「動₁」（ない形）＋「ないで 下さい」

　　用法：請求對方不要做某種行爲（請不要～）

　　例句

　①お酒を　飲まないで（下さい）。

　　　（請不要喝酒。）

　　　（飲む）〈五段〉→ 飲ま

　②起きないで　下さい。

　　　（請不要起來。）

　　　（起きる）〈上一段〉→ 起き

　③砂糖を　入れないで 下さい。

　　　（請不要放糖。）

　　　（入れる）〈下一段〉→ 入れ

　④ここへ　来ないで 下さい。

　　　（請不要過來這邊。）

　　　（来る）→ 来

　⑤心配しないで 下さい。

　　　（請不要擔心。）

　　　（心配する）→ 心配し

(10)「動₁」（ない形）＋「ない 方が　いい」

　　用法：勸告別人最好不要做某種行爲（最好不要～）

　　例句

　①煙草を　吸わない 方が　いいです。

　　　（最好不要抽菸。）

　　　（吸う）〈五段〉→ 吸わ

②川の　水を　飲まない　方が　いいです。

（最好不要喝河水。）

（飲む）〈五段〉→ 飲ま

③一人で　タクシーに　乗らない　方が　いいです。

（最好不要一個人搭計程車。）

（乗る）〈五段〉→ 乗ら＋ない

④ここに　来ない　方が　いいです。

（最好不要來這裏。）

（来る）→ 来＋ない

2. 動₁（又稱：「意向形」・「意志形」）＋う・よう（意向助動
詞）

⑴「動₁」（意向形）＋「う・よう」

用法：表示常體句的意圖、勸誘

例句

①一緒に　帰ろう。

（一起回家吧！）

（帰る）〈五段〉→ 帰ろ＋う

②六時に　起きよう。

（六點鐘起床吧！）

（起きる）〈上一段〉→ 起き＋よう

③ごみを　捨てようか。

（把垃圾丟掉吧！）

（捨てる）〈下一段〉→ 捨て＋よう

④早く　来よう。

（早點來！）

（来る）→ 来＋よう

⑤休憩しよう。

（休息吧！）

（休憩する）→ 休憩し＋よう

注意

①「う」「よう」稱爲「意向助動詞」，是詞尾無變化的助動詞。
②「五段動詞」（I 類動詞）第 1 變化（お段音）＋「う」，如例句①。
　五段動詞以外的動詞第 1 變化＋「よう」。サ行變格動詞（III 類動詞）
　「さ・し・せ」中，用「し」來接，如例②③④⑤。
③此項用法要表示「敬體」（禮貌形）時，則用「動₂（ます形）＋ま
　しょう」。

(2)「動₁」（意向形）＋「う・よう＋と＋思う」

用法：指企圖做某個動作（打算要～）

例句

①広島へ　行こうと　思います。

（想要去廣島。）

（行く）〈五段〉→ 行こ＋う

②お金を　借りようと　思います。

（想要借錢。）

（借りる）〈上一段〉→ 借り＋よう

③故里を　離れようと　思います。

（想要離開家鄉。）

（離<ruby>はな<rt>離</rt></ruby>れる）〈下一段〉→ 離れ＋よう

④又<ruby>また<rt>又</rt></ruby>、日本<ruby>にほん<rt>日本</rt></ruby>へ　来<ruby>こ<rt>来</rt></ruby>ようと　思<ruby>おも<rt>思</rt></ruby>います。

（想要再來日本。）

（来<ruby>く<rt>来</rt></ruby>る）→ 来＋よう

⑤彼<ruby>かれ<rt>彼</rt></ruby>に　連絡<ruby>れんらく<rt>連絡</rt></ruby>しようと　思<ruby>おも<rt>思</rt></ruby>います。

（想要和他聯絡。）

（連絡<ruby>れんらく<rt>連絡</rt></ruby>する）→ 連絡し＋よう

 注意

①「と」（助詞），表示「引述」動詞的內容。

②此句型類似「～つもりだ」，請參照。

③主語是「第3人稱」時不能用，此時可改用：

「～と　思っている　そうだ（ようだ・らしい）」，如下：

（×）田中さんは　彼女と　結婚しようと　思う。

（○）鈴木さんは　行こう<u>と　思っている</u>　らしい。

（鈴木先生好像想要去。）

④「意志形＋と　思う」：表示說話者的決心。

「～と　思っている」：用於下定決心後，一直維持決心的「狀態」。

「意志形＋とは　思いません」：表示說話者強烈的「否定意志」。

3. 「動₁」＋「れる・られる」（尊敬・可能・被動・自發助動詞）

(1)「動₁」（ない形）＋「れる・られる」（尊敬助動詞）

用法：表示對談話對方或談話中所提到的第三者表示敬意

例句

①あの　方<ruby>かた<rt>方</rt></ruby>は　音楽<ruby>おんがく<rt>音楽</rt></ruby>を　聴<ruby>き<rt>聴</rt></ruby>かれますか。

（那一位要聽音樂嗎？）

（聴<ruby>き<rt>聴</rt></ruby>く）〈五段〉→ 聴か＋れる →〈下一段〉→ 聴かれ＋ます

②先生は　この　映画を　見られました。

（老師看過這部電影了。）

（見る）〈上一段〉→ 見＋られる〈下一段〉→ 見られ＋ました

③部長は　出掛けられました。

（經理出去了。）

（出掛ける）〈下一段〉→ 出掛け＋られる〈下一段〉→

出掛けられ＋ました

④お父さんは　来られますか。

（令尊要來嗎？）

（来る）→ 来＋られる〈下一段〉→ 来られ＋ます

⑤あなたは　出発されますか。

（您要出發了嗎？）

（出発する）→ 出発さ＋れる〈下一段〉→ 出発され＋ます

 注意

①「五段」及「サ行變格」動詞第1變化＋「れる」，如例句①⑤。「上一段」、「下一段」及「カ行變格動詞」第1變化＋「られる」，如例句②③④。

②「サ行變格動詞」第1變化「さ・し・せ」中，用「さ」來接「れる」。

③「れる」與「られる」稱爲尊敬助動詞，其詞尾5個變化與「下一段動詞」類似，列表如下：

1	2	3	4	5	6
れ	れ	れ る	れ る	れ れ	×
ら れ	ら れ	ら れる	ら れる	ら れれ	×

其「語體（常體・敬體）、時式」舉例如下：

a. 社長は明日行かれる。

（社長明天要去。）（常體肯定句　未來式）

b. 社長は 明日 行かれます。

（同上。）（敬體肯定句　未來式）※a＝b

c. 社長は 行かれない。

（社長不去。）（常體否定句　未來式　無時式）

d. 社長は 行かれません。

（同上。）（敬體否定句　未來式　無時式）※c＝d

e. 社長は 昨日 行かれた。

（社長昨天去了。）（常體肯定句　過去式）

f. 社長は 昨日 行かれました。

（同上。）（敬體肯定句　過去式）※e＝f

g. 社長は 昨日 行かれなかった。

（社長昨天沒去。）（常體否定句　過去式）

h. 社長は 昨日 行かれませんでした。

（同上。）（敬體否定句　過去式）※g＝h

④日語中的「敬語」分成「謙讓語」和「尊敬語」兩種。為了向對方或談話中所提到的第三者表示特別的敬意而將我方（或我方親友等）的動作，以「謙讓」的句型來表達，即降低我方的地位，稱為「謙讓語」。相對的，為了向對方或談話中所提到的第三者的動作表示特別敬意，即抬高對方的地位，則以「尊敬」的句型來表達，稱為「尊敬語」。主要表達句型如下：

謙讓語	尊敬語
1.お＋動₂（ます形）＋する（或致す） 例如： ⊙すみませんが、陳さんをお願いします。（勞駕，煩請陳先生。） 2.ご＋漢語名詞＋する（或致す）	1.お＋動₂（ます形）＋になる（尊敬程度高於「動₁＋れる・られる」） 例如： ⊙社長 は お帰りに なりました。（社長已經回去了。）

例如：	2.ご＋漢語名詞＋になる
⊙林さんを ご 紹介します。 （容我介紹林先生。） 結果を ご報告致します。 （容我報告結果。）	例如： ⊙先生は ご観覧に なりました。 （老師已經觀看過了。）

但下列動詞不適合上述「謙讓語」或「尊敬語」句型，必需用特殊語詞來表示，如下表：

動₃（字典形）	謙讓語	尊敬語
いる	おる	いらっしゃる おいでに なる
行く 来る	参る	同上
言う	申す 申しあげる	おっしゃる
食べる 飲む	いただく	あがる 召し上がる
する	致す	なさる
見る	拝見する	ご覧に なる
聞く・問う 尋ねる・訪れる	伺う	
会う	お目に かかる	
くれる		下さる
もらう	いただく	
見せる	お目に かける	
思う 知る	存じる 存じあげる	

（2）「動₁」（ない形）＋「れる・られる」（可能助動詞）

用法：表示具有某種能力（會；能夠；可以；敢）

例句

①あの　子供は　一人で　行かれます。

（那孩子會一個人去。）

（行く）〈五段〉→行か＋れる〈下一段〉→行かれ＋ます

②母は　五時に　起きられます。

（母親可以五點鐘起床。）

（起きる）〈上一段〉→起き＋られる〈下一段〉→

起きられ＋ます

③あなたは　国際電話が　かけられますか。

（你會打國際電話嗎？）

（かける）〈下一段〉→かけ＋られる〈下一段〉→

かけられ＋ます

④一人で　来られますか。

（一個人有辦法來嗎？）

（来る）→来＋られる〈下一段〉→来られ＋ます

⑤彼は　ラジオが　修理できます。

（他會修理收音機。）

（修理する）→修理できる〈上一段〉→修理でき＋ます

注意

①此項用法的接續方式與「動₁（ない形）＋れる或られる（尊敬助動
詞）」相同，請參照。

②「サ行變格動詞」表示能力時，要改為「できる」。

③能力助動詞「れる」與「られる」的詞尾變化與尊敬助動詞相同，請參照。「られる」的「ら」，在會話時常被省略（又稱：ら拔き言葉），例如：

⊙食べ（ら）れます。　　⊙見（ら）れます。

⊙来（ら）れます。

④「五段動詞」在此項用法中常見於書寫體中，口語中以「動₅（條件形）＋る」（又稱可能動詞）形態出現。例如：

■ 飲む → 「飲める」（能喝）

■ 書く → 「書ける」（能寫）

■ 歌う → 「歌える」（能唱）

「可能動詞」的詞尾變化類似「下一段動詞」，以「行ける」為例如下：

1	2	3	4	5	6
行け	行け	行ける	行ける	行けれ	×

⑤此項用法中，受詞的「を」可改為「が」。例如：

⊙お酒を　飲む → お酒**が**　飲める。

⑥所有表示能力的動詞表達方式整理如下：

五段動詞	1. 動₁（ない形）＋れる 2. 動₅（條件形）＋る
上一段動詞 下一段動詞 カ行變格動詞	動₁（ない形）＋られる
サ行變格動詞	する→できる
所有種類動詞	動₄（字典形）＋ことが　できる

⑦本身已有「能力」之意的動詞，沒有「能力形」，例如：「見える」（看得見）「分かる」（懂）「出来る」（可以：能）「聞こえる」（聽得見）

「間に合う」（趕得上）等。

⑧「見える」（看得見）與「見られる」（能看）的差別：

⊙山が　見える。

（可以看得到山。）

⊙部屋が　見られる。

〔能看看（某人）的房間。〕（經過屋主的允許）

〔見る（上一段）→ 見＋られる（能力動詞）〕

⑨「聞こえる」（聽得見）與「聞ける」（能聽見）的差別：

⊙海の　音が　聞こえる。

（聽得見海浪的聲音。）

⊙この　ラジオで　外国の　ニュースが　聞ける。

（這台收音機可以收聽外國新聞。）

〔聞く（五段）→ 聞け＋る（能力動詞）〕

(3)「動₁」（又稱：被動形）＋「れる・られる」（被動助動詞）

用法：表示被動（被～）

例句

①私は　母に　日記を　読まれました。

（母親讀了我的日記。）

（読む）〈五段〉→ 読ま＋れる〈下一段〉→ 読まれ＋ました

②姉は　掏摸に　お金を　掏られました。

（姊姊被扒手扒了錢。）

（する）〈五段〉→ すら＋れる〈下一段〉→ すられ＋ました

CD: 1

③この　歌は　よく　歌われて　います。

（這首歌經常被傳唱著。）

（歌う）〈五段〉→ 歌わ＋れる〈下一段〉→ 歌われ＋て

④その　強盗は　人に　顔を　見られました。

（那個強盜被人看到臉了。）

（見る）〈上一段〉→ 見＋られる〈下一段〉→ 見られ＋ました

⑤私は　先生に　褒められました。

（我被老師褒獎了。）

（褒める）〈下一段〉→ 褒め＋られる〈下一段〉→
褒められ＋ました

⑥この　旅館は　いつ　建てられましたか。

（這家旅館是什麼時候蓋的？）

（建てる）〈下一段〉→ 建て＋られる〈下一段〉→
建てられ＋ます

⑦この　薬は　販売されて　います。

（這藥有在銷售。）

（販売する）→ 販売さ＋れる〈下一段〉→ 販売され＋て

 注意

①此項用法的接續與「動₁＋れる・られる」（尊敬助動詞）相同。
②若是以「人」為主語的被動句，是為了表達以「人」為中心的利害
　關係，因此像例句①②不可改為：
　（×）私の　日記は　母に　読まれました。
　（×）姉の　お金は　掏摸に　掏られました。
③日語的「自動詞」會有被動句出現。例如：

a. 私は　蛇に　部屋に　入られました。

（蛇爬進了我的房間。）

（入る）〈五段〉 → 入ら＋れる〈下一段〉 → 入られ＋ました

b. あの　人は　雨に　降られました。

（那個人被雨淋濕了。）

（降る）〈五段〉 → 降ら＋れる〈下一段〉 → 降られ＋ました

c. 父母に　死なれて、生活が　できません。

（由於父母親過世，無法生活。）

（死ぬ）〈五段〉 → 死な＋れる〈下一段〉 → 死なれ＋て

d. 友人に　来られたので、外出できません。

（因為朋友來訪，不能外出。）

（来る） → 来＋られる〈下一段〉 → 来られ＋た

④被動助動詞「れる」與「られる」的詞尾變化與「下一段動」詞相同。
列表如下：

1	2	3	4	5	6
れ	れ	れる	れる	れれ	れ　ろ れ　よ
られ	られ	られる	られる	られれ	られろ られよ

其「語體（常體・敬體）、時式」舉例如下：

a. 明日、弟は　父に　叱られる。

（明天弟弟會被父親責罵。）〔常體（普通形）肯定句　未來式〕

（叱る）〈五段〉 → 叱ら＋れる〈下一段〉

b. 明日、弟は　父に　叱られます。

（同上）〔敬體（禮貌形）肯定句　未來式〕※a＝b

c. 弟は　父に　叱られない。

（弟弟不會被父親責罵。）（常體否定句　未來式　無時式）

d. 弟は　父に　叱られません。

（同上。）（敬體否定句　未來式　無時式）※c＝d

e. 昨日、弟は　父に　叱られた。

（昨天，弟弟被父親責罵了。）（常體肯定句　過去式）

f. 昨日、弟は　父に　叱られました。

（同上。）（敬體肯定句　過去式）※e＝f

g. 昨日、弟は　父に　叱られなかった。

（昨天弟弟沒有被父親責罵。）（常體否定句　過去式）

h. 昨日、弟は　父に　叱られませんでした。

（同上。）（敬體否定句　過去式）※g＝h

⑤被動句的基本結構爲：

母は　私を　褒めた。

（媽媽稱讚我。）

→私は　母に　褒められた。

（我被媽媽稱讚。）

（褒める）〈下一段〉→褒め＋られる〈下一段〉→褒められ＋た

⑥動作者是「私」時，沒有「被動形」，如：

（○）私は　弟を　殴りました。

（我打弟弟。）

（×）弟は　私に　殴られました。

⑦動作者是「學校」「公司」等時，其後的「助詞」使用「から」：

私は　学校から　招待された。

（我被學校邀請。）

（招待する）→招待さ＋れる〈下一段〉→招待され＋た

CD: 1

(4)「動₁」＋「れる・られる」（自發助動詞）

用法1：表示自發的感情（不由得、禁不住）

例句

①故郷の 母の ことが 思い出されます。

（不由地想起故鄉的母親。）

（思い出す）〈五段〉→ 思い出さ＋れる〈下一段〉→

思い出され＋ます

②国の 山河が 偲ばれました。

（不由地思念祖國山河。）

（偲ぶ）〈五段〉→ 偲ば＋れる（下一段）→ 偲ばれ＋ました

③子供の 安否が 案じられます。

（不禁擔心小孩子是否平安。）

（案じる）〈上一段〉→ 案じ＋られる〈下一段〉→

案じられ＋ます

④父の ことが 心配されます。

（父親不由地令人擔心。）

（心配する）→ 心配さ＋れる〈下一段〉→ 心配され＋ます

用法2：表示委婉的斷定

例句

①囲碁を 学ぶ 人が 増えるのは 好ましい ことだと

思われます。

（我認爲學圍棋的人越來越多是件可喜的事。）

（思う）〈五段〉→ 思わ＋れる〈下一段〉→ 思われ＋ます

②今年の 夏の 暑さも 来週が 峠と

見られます。

（一般認爲今年夏天的熱度，下禮拜將達最高峰。）

（見る）〈上一段〉→ 見＋られる〈下一段〉→ 見られ＋ます

③この ような 傾向は 韓国だけではないと

考えられます。

（我認爲這樣的傾向，不僅僅是韓國而已。）

（考える）〈下一段〉→ 考え＋られる〈下一段〉→

考えられ＋ました

④台風3号は 今夜 上陸すると 予想されます。

（預料3號颱風今晚將登陸。）

（予想する）→ 予想さ＋れる〈下一段〉→ 予想され＋ます

 注意

①以上接續方式與「尊敬助動詞」相同。
②用法2是爲了表示說話者的說話方式較含蓄，避免武斷的主張，是
　一種委婉的表達方式。
③此項用法偶有「轉音」出現，如：
　⊙「思われる」→「思える」

4.「動₁」＋「せる・させる」（使役助動詞）

　(1)「動₁」（ない形）＋「せる・させる」〈下一段〉

　　用法：表示命令、使喚、放任他人做某動作（使～；讓～）

 記憶竅門

由漢字「使役」聯想其意爲「使役動詞（使；讓）」。

例句

①私は　息子に　水泳を　習わせました。

（我讓我的兒子學游泳。）

（習う）〈五段〉→ 習わ＋せる〈下一段〉→ 習わせ＋ました

②母は　妹に　料理を　作らせました。

（母親要妹妹做了料理。）

（作る）〈五段〉→ 作ら＋せる〈下一段〉→ 作らせ＋ました

③お父さんは　私に　テレビを　見させました。

（父親讓我看電視了。）

（見る）〈上一段〉→ 見＋させる〈下一段〉→ 見させ＋ました

④先生は　学生に　便当を　食べさせました。

（老師讓學生吃過便當了。）

（食べる）〈下一段〉→ 食べ＋させる〈下一段〉→

食べさせ＋ました

⑤兄は　私に　車を　運転させました。

（哥哥讓我開了車。）

（運転する）→ 運転さ＋せる〈下一段〉→ 運転させ＋ました

⑥母親は　子供を　家へ　帰らせます。

（母親叫小孩子回家去。）

（帰る）〈五段〉→ 帰ら＋せる〈下一段〉→ 帰らせ＋ます

⑦お祖父さんは　孫を　公園で　遊ばせました。

（祖父讓孫子在公園玩耍了。）

（遊ぶ）〈五段〉→ 遊ば＋せる→〈下一段〉→ 遊ばせ＋ました

⑧ 社長は　林さんを　銀行へ　行かせます。

（社長叫林先生去銀行。）

（行く）〈五段〉→ 行か＋せる〈下一段〉→ 行かせ＋ます

⑨ 先生は　黒板の　前に　学生を　来させます。

（老師叫學生到黑板前面來。）

（来る）→ 来＋させる〈下一段〉→ 来させ＋ます

注意

① 「五段動詞」及「サ行變格動詞」第 1 變化＋「せる」，如例句
①②⑤⑥⑦⑧，而「上一段」、「下一段」及「カ行變格動詞」第 1
變化＋「させる」，如例句③④⑨。

② 當使役動詞是「他動詞」時，使役的對象要用「に」，如例句
①②③④⑤。而當使役動詞是「自動詞」時，使役的對象則用
「を」，如例句⑥⑦⑧⑨。

③ 使役助動詞「せる」、「させる」的詞尾變化與「下一段動詞」相同，
列表如下：

1	2	3	4	5	6
せ	せ	せる	せる	せれ	せろ／せよ
させ	させ	させる	させる	させれ	させろ／させよ

其「語體（常體・敬體）、時式」舉例如下：

a. 明日、お父さんは　私に　米を　買わせる。

（父親叫我明天買米。）（常體肯定句　未來式）

（買う）〈五段〉→ 買わ＋せる〈下一段〉

b. 明日、お父さんは　私に　米を　買わせます。

（同上。）（敬體肯定句　未來式）※a＝b

c. お父さんは　私に　米を　買わせない。

（父親叫我不要買米。）（常體否定句　未來式　無時式）

d. お父さんは　私に　米を　買わせません。
　（同上。）（敬體否定句　未來式　無時式）※c＝d
e. 昨日、お父さんは　私に　米を　買わせた。
　（昨天父親叫我買米了。）（常體肯定句　過去式）
f. 昨日、お父さんは　私に　米を　買わせました。
　（同上。）（敬體肯定句　過去式）※e＝f
g. 昨日、お父さんは　私に　米を　買わせなかった。
　（昨天父親沒有叫我買米。）（常體否定句　過去式）
h. 昨日、お父さんは　私に　米を　買わせませんでした。
　（同上。）（敬體否定句　過去式）※g＝h

④五段動詞的「動₁（ない形）＋す」也有使役功能。例如：

■書かす（讓……寫）　　■読ます（使……讀）

(2)「動₁」＋「せられる・させられる」

用法：表示被迫於做某件事（被迫於～）

例句

①私は　お酒を　飲ませられました。
　（我被灌酒了。）
　（飲む）〈五段〉→ 飲ま＋せられる〈下一段〉→
　飲ませられ＋ました

②私は　先生に　本を　読ませられました。
　（我被老師叫起來念書。）
　（読む）〈五段〉→ 読ま＋せられる〈下一段〉→
　読ませられ＋ました

③弟は　会社を　止めさせられた。
　（弟弟被迫離職。）

（<ruby>止<rt>や</rt></ruby>める）〈下一段〉→ <ruby>止<rt></rt></ruby>め＋させられる〈下一段〉→

<ruby>止<rt></rt></ruby>めさせられ＋た

④この <ruby>雨<rt>あめ</rt></ruby>の <ruby>中<rt>なか</rt></ruby>を <ruby>来<rt>こ</rt></ruby>させられた。

（即使是雨天，也被迫要來。）

（<ruby>来<rt>く</rt></ruby>る）→ 来＋させられる →〈下一段〉→ 来させられ＋た

⑤<ruby>学生<rt>がくせい</rt></ruby>は <ruby>先生<rt></rt></ruby>に <ruby>掃除<rt>そうじ</rt></ruby>させられる。

（學生被老師叫去掃地。）

（<ruby>掃除<rt>そうじ</rt></ruby>する）→ 掃除さ＋せられる

 注意

> ①「五段」及「サ行變格動詞」第１變化＋「せられる」，如例句
> ①②⑤，「上一段」、「下一段」及「カ行變格動詞」第１變化＋
> 「させられる」，如例句③④。
> ②「サ行變格動詞」第１變化「さ、し、せ」中，用「さ」來接
> 「せられる」，如例句⑤。

5.「動₁」（ない形）＋「ぬ」（否定助動詞）

(1)「動₁」（ない形）＋「ぬ」

用法：表示常體否定句（未來式、現在式、無時式）（不〜；沒〜）

例句

①<ruby>何<rt>なに</rt></ruby>も <ruby>言<rt>い</rt></ruby>わぬ。

（什麼都不說。）

（<ruby>言<rt>い</rt></ruby>う）〈五段〉→ 言わ＋ぬ

②<ruby>冬<rt>ふゆ</rt></ruby>の <ruby>雨<rt>あめ</rt></ruby>は <ruby>止<rt>や</rt></ruby>まぬ。

（冬天的雨下個不停。）

（<ruby>止<rt>や</rt></ruby>む）〈五段〉→ 止ま＋ぬ

③母は　未だ　起きぬ。

（媽媽還沒有起床。）

（起きる）〈上一段〉→ 起き＋ぬ

④星が　見えぬ。

（看不到星星。）

（見える）〈下一段〉→ 見え＋ぬ

⑤あの　人は　来ぬ。

（那人不來。）

（来る）→ 来＋ぬ

⑥私は　勉強せぬ。

（我不讀書。）

（勉強する）→ 勉強せ＋ぬ

 注意

① 「ぬ」是「ない」的文語體用法。

② 「サ行變格動詞」第1變化「さ、し、せ」中，用「せ」來接「ぬ」，如例句⑥。

③ 否定助動詞「ぬ」的詞尾變化較特別，如下表：

1	2	3	4	5	6
×	ず	ぬ（ん）	ぬ（ん）	ね	×

(2)「動₁」（ない形）＋「ず（に）」

　　用法：表示否定的連接敘述（不～）

 記憶竅門

　　「～ずに」（書面語）意思為「～ないで（否定，不～）」（口語體）〔請參照〕，可由此聯想其意。

例句

① 休日に　休まずに、働きます。

（放假日時不休息而在工作。）

（休む）〈五段〉→ 休ま

② 下へ　降りずに、五階に　居ました。

（不到下面來，而待在五樓。）

（降りる）〈上一段〉→ 降り

③ お父さんは　ご飯を　食べずに　会社へ

行きました。

（爸爸沒有吃飯就到公司去了。）

（食べる）〈下一段〉→ 食べ

④ 電話を　かけずに、手紙を　書きました。

（不打電話而寫了信。）

（かける）〈下一段〉→ かけ

⑤ 子供は　勉強せずに、庭で　遊んでいます。

（小孩子不讀書，而在庭院裏玩耍。）

（勉強する）→ 勉強せ

注意

①此項用法與「動₁（ない形）＋ないで」句型相同。

②「サ行變格動詞」第1變化「さ、し、せ」中，用「せ」來接「ずに」，
如例句⑤。

6. 「動₁」（ない形）（或動₃：字典形）＋「まい」（否定意量助動
詞）

用法 1：主語爲第 1 人稱的否定意志（絕不～）

例句

① 私は　小さい　舟に　乗るまい。

（我絕不搭小船）。

（乗る）〈五段〉（字典形）

② 私は　夜中　3時に　起きまい。

（我絕不半夜三點鐘起床。）

（起きる）〈上一段〉→ 起き

③ 私は　犬の　肉を　食べまい。

（我絕不吃狗肉。）

（食べる）〈下一段〉→ 食べ

④ こんな　所へは　もう　来まい。

（再也不來這種地方。）

（来る）→ 来

⑤ あんな　嫌な　ことは　二度と　しまい。

（那樣令人討厭的事，絕不再做第二次。）

（する）→ し

用法 2：主語為第 1 人稱以外的否定推測（不～吧）

例句

① 彼は　料理を　作るまい。

（他大概不做菜吧！）

（作る）〈五段〉（字典形）

② あの　人は　たぶん　居まい。

（那個人可能不在吧！）

（居る）〈上一段〉→ 居

③ 李さんは　忘れまい。

（李先生大概不會忘記吧！）

（忘れる）〈下一段〉→ 忘れ

④ 田中さんは　明日　来まい。

（田中先生明天大概不來吧！）

（来る）→ 来

⑤ 彼は　散髪しまい。

（他大概不理頭髮吧！）

（散髪する）→ 散髪し

 注意

> 以上兩項用法的接續方式爲：
>
> 五段動詞（I類動詞）→「動₃（字典形）＋まい」
>
> 五段動詞以外則用→「動₁（ない形）＋まい」

第二節　動詞第 2 變化的用法

動詞第 2 變化（以下簡稱爲「動₂」）的用法整理如下：

本身用法	接　　續		
	助動詞	助詞	其他
1.名詞形 2.中止形	1.ます（敬體助動詞） 2.た（過去・完了助動詞） 3.たい・だがる 　（希望助動詞） 4.そうだ・そうです 　（樣態助動詞）	1.に 2.ながら 3.て 4.たり 5.ても 6.ては	1.動詞（複合動詞） 2.形容詞（複合形容詞） 3.名詞（複合名詞）

現在分別敘述「動₂」的用法如下：

(一) 本身用法

1. 「動₂」（名詞形）（ます形）

用法：表示「名詞」

實例

① 遊び（遊戲）← 遊ぶ（遊玩）〈五段〉

② 集まり（集會）← 集まる（聚集）〈五段〉

③ 祝い（賀禮）← 祝う（祝賀）〈五段〉

④ 教え（教義）← 教える（教授）〈下一段〉

⑤ 踊り（舞蹈）← 踊る（跳舞）〈五段〉

⑥ 帰り（回去）← 帰る（回去）〈五段〉

⑦ 変り（變化）← 変る（改變）〈五段〉

⑧ 話し（談話）← 話す（說話）〈五段〉

⑨ 始め（開端）← 始める（開始）〈下一段〉

⑩ 休み（休假）← 休む（休息）〈五段〉

例句

① お正月は 休みです。

（新年是放假日。）

② 話しが 長い。

（談話冗長。）

③ 天気の 変りが 激しい。

（天氣的變化劇烈。）

④ 学校からの 帰りが 遅い。

（從學校回來晚了。）

2. 「動₂」（中止形）（ます形）（在句子中間停止的形態）

用法 1：表示對同一主語的内容做連續性的敍述

例句

① 父は　朝　起き、庭に　出ます。

（父親早上起床後，到庭院去。）

（起きる）〈上一段〉→ 起き

② 私は　ご飯を　食べ、新聞を　読み、家を　出ます。

（我吃飯、看報紙，然後離開家。）

（食べる）〈下一段〉→ 食べ

（読む）〈五段〉→ 読み

③ 弟は　テレビを　見、英語を　勉強し、寝ました。

（弟弟看了電視、讀了英文就睡覺了。）

（見る）〈上一段〉→ 見

（勉強する）→ 勉強し

用法 2：表示對比性的敍述

例句

① 家は　ここに　あり、学校は　そこに　あります。

（家在這裏，而學校在那裏。）

（ある）〈五段〉→ あり

② 子供は　遊び、大人は　仕事を　します。

（小孩子玩耍，而大人要工作。）

（遊ぶ）〈五段〉→ 遊び

動詞篇

③ 私は　寿司を　食べ、林さんは　牛乳を

飲みます。

（我吃壽司而林先生喝牛奶。）

（食べる）〈下一段〉→ 食べ

注意

以上用法 1、2 與「動₂＋て（て形）」中的用法 1、2 相同。

(二)「動₂」＋助動詞

1.「動₂」（ます形）＋「ます」（敬體助動詞）

(1)動₂（ます形）＋ます

用法：表示敬體肯定句（未來式、現在式、無時式）

例句

① 私は　家へ　帰ります。

（我要回家。）

（帰る）〈五段〉→ 帰り

② あの　人は　映画を　見ます。

（那個人要看電影。）

（見る）〈上一段〉→ 見

③ 母は　ご飯を　食べます。

（母親要吃飯。）

（食べる）〈下一段〉→ 食べ

④ 学生は　学校に　来ます。

（學生要來學校。）

（来る）→ 来

⑤お父(とう)さんは　公園(こうえん)を　散歩(さんぽ)します。

（父親要去公園散步。）

（散歩(さんぽ)する）→ 散歩し

注意

①「敬體」（禮貌形）是指表示恭敬或客氣的語體，用於對「上輩或需要客氣」場合時。

②此項用法表示「否定」時，可將「ます」改爲「ません」即可。例如：

⊙私は　家へ　帰りません。

（我不要回家。）

③此項用法多以「未來式」或「無時式」形態出現。能以「現在式」形態出現者，只限於少數表示「存在（ある、いる）」、「能力（できる、聞(き)こえる、見(み)える、読(よ)める……）」方面的動詞。

④助動詞「ます」的詞尾6個變化列表如下：

1	2	3	4	5	6
ませ ましょ	まし	ます	ます	ますれ	ませ まし

(2)「動$_2$」（ます形）＋「ました」

用法：表示敬體肯定句（過去式）或動作的完成

例句

①私は　昨日　家(うち)へ　帰(かえ)りました。

（我昨天回家了。）

（帰(かえ)る）〈五段〉→ 帰り

②あの　人(ひと)は　先週(せんしゅう)　映画(えいが)を　見(み)ました。

（那個人上個禮拜看了電影。）

（見(み)る）〈上一段〉→ 見

③母は　今朝　ご飯を　食べました。

（母親今天早上吃過飯了。）

（食べる）〈下一段〉→ 食べ

④学生は　今日　学校に　来ました。

（學生今天來學校了。）

（来る）→ 来

⑤お父さんは　今晩　公園を　散歩しました。

（父親今天晚上在公園散步過了。）

（散歩する）→ 散歩し

 注意

此項用法表示「否定」時，可用「動₂（ます形）＋ませんでした」句型。例如：

⊙私は　昨日、家へ　帰りませんでした。

（我昨天沒回家。）

(3)「動₂」（ます形）＋「ましょう」

用法：表示敬體句的意圖、勸誘（～吧）

例句

①これで　終わりましょう。

（就此結束吧！）

（終わる）〈五段〉→ 終わり

②傘を　借りましょうか。

（借個傘好嗎？）

（借りる）〈上一段〉→ 借り

③電話を　かけましょう。

（打電話吧！）

（かける）〈下一段〉→ かけ

④早く　来ましょうよ。

（趕快來嘛！）

（来る）→ 来

⑤一緒に　買物しましょう。

（一起購物吧！）

（買物する）→ 買物し

2.「動₂＋た」（た形）（過去・完了助動詞）

(1)「動₂＋た」（た形）

用法：表示常體肯定句（過去式）或動作的完成

例句

①私は　昨日　手紙を　書いた。

（我昨天寫了信。）

（書く）〈五段〉→ 書き＋た→ 書いた（い音便）

②兄は　シャワーを　浴びた。

（哥哥洗過澡了。）

（浴びる）〈上一段〉→ 浴び

③林さんは　もう　出掛けた。

（林先生已經出門了。）

（出掛ける）〈下一段〉→ 出掛け

④友達は　来た。

（朋友來了。）

（来る）→ 来

⑤ 私達は　先週　工場を　見物した。

（我們上個禮拜參觀過工場了。）

（見物する）→ 見物し

 注意

①「五段動詞」（I 類動詞）在此項用法中會發生「音便」。請參照。

②此項用法要表示「敬體」時，可用「動₂（ます形）＋ました」句型。

③助動詞「た」的詞尾變化列表如下：

1	2	3	4	5	6
たろ	×	た	た	たら	×

④「動₂＋た」（た形）尚有其他用法如下：

　a. 表示「加強語氣」

例句

　(a) じゃ、頼んだよ。

　　（那麼，拜託你了!）

　　（頼む）〈五段〉→ 頼み＋た → 頼んだ（ん音便）

　(b) 早く　行った方が　いいです。

　　（早一點去比較好。）

　　（行く）〈五段〉→ 行き＋た → 行った（音便的例外）

　b. 表示動作發生後的「存續狀態」

例句

　(a) 帽子を　被った　人は　田中さんです。

　　＝帽子を　被っている　人は　田中さんです。

（戴帽子的人是田中先生）

（被<ruby>被<rt>かぶ</rt></ruby>る）〈五段〉→ 被り＋て→ 被って（促音便）

(b) 絵<ruby><rt>え</rt></ruby>に　書<ruby><rt>か</rt></ruby>いた　ような　景色<ruby><rt>けしき</rt></ruby>。

＝絵に　書いて　あるような　景色。

（風景如畫。）

（書<ruby><rt>か</rt></ruby>く）〈五段〉→ 書き＋て→ 書いて（い音便）

c. 表示「發現、想起」

例句

(a) なんだ。犬<ruby><rt>いぬ</rt></ruby>は　そこに　いたの。

（哎呀！狗原來在那兒）

（いる）〈上一段〉→ い＋た

(b) ああ、そうそう、明日<ruby><rt></rt></ruby>は　試験<ruby><rt>しけん</rt></ruby>が　あったんだ。

（啊！對了對了，明天有考試。）

（ある）〈五段〉→ あり＋た→ あった（促音便）

d. 表示「命令」

例句

さあ、買<ruby><rt>か</rt></ruby>った、買った。

（來喔！買啊！買啊！）

（買<ruby><rt>か</rt></ruby>う）〈五段〉→ 買い＋た → 買った（促音便）

(2)「動₂＋た」（た形）＋「ことが　ある」

用法：表示曾經做過某個動作或經驗（曾經有～）

記憶竅門

「～た」（助動詞）：表示「做過」。再由漢字「事<ruby><rt>こと</rt></ruby>/事<ruby><rt></rt></ruby>情」「有<ruby><rt>あ</rt></ruby>る/有」聯想此句型之意為「有做～一事」。

例句

① 外国人の　家に　泊まった　ことが　ある。

（曾經在外國人的家裏投宿過。）

（泊まる）〈五段〉→ 泊まり＋た → 泊まった（促音便）

② 私は　雪を　見た　ことが　あります。

（我曾經看過雪。）

（見る）〈上一段〉→ 見

③ あなたは　寿喜焼を　食べた　ことが　ありますか。

（你吃過火鍋嗎？）

（食べる）〈下一段〉→ 食べ

④ フランスへ　来た　ことが　ありません。

（未曾來過法國。）

（来る）→ 来

⑤ アルバイトを　した　ことが　ありません。

（未曾打過工。）

（する）→ し

 注意

①要表示「否定」時，將句尾改為否定即可。如例句④⑤。

②不用於表示「昨日」「先週」「先月」等時間距離現在很近的詞彙，如：

（○）5年前に　日本へ　行つた　ことが　ある。

（×）昨日　～

③不可變成「～ことが　ありました／あった」

（×）私は　刺身を　食べた　ことが　あった。

④本句型是指「特別」的經歷，不使用於日常行為，如：

（×）食事した　ことが　ある。

⑤本句型的「が」（助詞）：表示「曾有某種經驗」。動詞「ある（五段）」
　→「ない（常體）・ありません（敬體）」（否定）。

(3)「動₂＋た」（た形）＋「方が　いい」

用法：勸別人最好做某件事（最好是～）

 記憶竅門

由漢字「～方/方面」「いい/良好」聯想此句型為「～這一方，比較好」之意。

例句

① 少し　休んだ　方が　いい。

（最好是休息一下。）

（休む）〈五段〉→ 休み＋た → 休んだ（ん音便）

② 薬を　飲んだ　方が　いい。

（最好要吃藥。）

（飲む）〈五段〉→ 飲み＋た → 飲んだ（ん音便）

③ 家に　居た　方が　いい。

（最好待在家裏。）

（居る）〈上一段〉→ 居

④ 体に　気を　付けた　方が　いいです。

（最好要注意身體。）

（付ける）〈下一段〉→ 付け

CD: 2

⑤ 毎日　練習した　方が　いいです。

（最好是每天練習。）

（練習する）→ 練習し

 注意

此項用法中的「た」是「強調語氣」，並非表示過去式。

（4）「動₂＋た」（た形）＋後で

用法：表示做了某個動作之後（～之後）

 記憶竅門

可由漢字「～後」聯想其意爲「在～之後」。

例句

① 仕事が　終わった　後で、家へ　帰ります。

（工作結束之後，就回家。）

（終わる）〈五段〉→ 終わり＋た → 終わった（促音便）

② シャワーを　浴びた　後で、寝ました。

（洗過澡後就睡覺了。）

（浴びる）〈上一段〉→ 浴び＋た

③ ご飯を　食べた　後で、テレビを　見ます。

（吃過飯後就看電視。）

（食べる）〈下一段〉→ 食べ＋た

④ 日本に　来た　後で、建築を　学びました。

（來到日本之後，學習了建築。）

（来る）→ 来＋た

⑤仕事を　した　後で、いつも　何を
していますか。

（工作之後，經常做些什麼事呢？）

（する）→ し＋た

注意

> 後句若表示「持續行爲或狀態」時，不可加「～で」，如：
>
> （○）祖父は　お茶を　飲んだ　後、ずっと　本を読んで　いる。
>
> 　　（祖父喝茶後，一直在看書）〔持續行爲〕
>
> （×）祖父は　お茶を　飲んだ　後で、～。
>
> （○）退院した　後、ずっと　元気だ。
>
> 　　（出院後，身體一直都不錯。）〔狀態〕
>
> （×）退院した　後で、～。

(5)「動₂＋た」（た形）＋「ところ」

用法：表示動作剛剛完成的瞬間（剛剛才～）

例句

①たった今、仕事が　終わった　ところです。

（就是現在，工作才剛剛結束。）

（終わる）〈五段〉→ 終わり＋た → 終わった（促音便）

②たった今、電話を　切った　ところです。

（剛剛掛了電話。）

（切る）〈五段〉→ 切り＋た → 切った（促音便）

③主人は　たった今、出掛けた　ところです。

（我先生就在剛才出了門。）

（出掛ける）〈下一段〉→ 出掛け＋た

④私も　たった今、来た　ところです。

（我也是剛剛才到。）

（来る）→ 来＋た

⑤飛行機は　たった今、到着した　ところです。

（飛機剛剛到達。）

（到着する）→ 到着し＋た

(6)「動₂＋た」（た形）＋「ばかりです」

用法：表示動作剛剛完成（剛～）

例句

①奈良へ　行った　ばかりです。

（剛剛去過奈良。）

（行く）〈五段〉→ 行き＋た → 行った（音便的例外）

②さっき　起きた　ばかりです。

（剛剛才起床。）

（起きる）〈上一段〉→ 起き＋た

③会社に　来た　ばかりです

（剛來公司。）

（来る）→ 来＋た

④先週、この　テレビを　修理した　ばかりです。

（上個禮拜才剛修理過這台電視。）

（修理する）→ 修理し＋た

注意

和「～たところ」相比，本句型的時間上較有餘地：

（○）私は　去年　ここに　来たばかりです。

（×）〜　　　　　　　　　　　来たところです。

　　　（我去年才來這裏。）

(7)「動₂＋た」（た形）＋「とおりに」

用法：做像某動作那樣地（如同〜）

例句

①私が　言った とおりに、エンジンを　分解して
下さい。

（請照我所說的那樣，將引擎分解。）

（言う）〈五段〉→ 言い＋て → 言った（促音便）

②彼女が　やった とおりに、箱を　組み立てる。

（如同她所做的那樣，把箱子組合起來。）

（やる）〈五段〉→ やり＋た → やった（促音便）

③テレビで　見た とおりに、部品を
取り付けます。

（就像在電視上看到的那樣地安裝零件。）

（見る）〈上一段〉→ 見＋た

④彼が　教えた とおりに、機械を　操作して
下さい。

（請像他所教的那樣操作機器。）

（教える）〈下一段〉→ 教え＋た

⑤先生が　説明した とおりに、やって　下さい。

（請如老師所說明的那樣做。）

（説明する）→ 説明し＋た

⑻動₂＋たら（た形＋ら）

用法1：表示肯定的假設（～的話）

例句

①風邪を　引いたら、外出しない　方が　いい。

（如果感冒了，最好不要出去。）

（引く）〈五段〉→ 引き＋たら → 引いたら（い音便）

②六時に　起きたら、電車に　間に合うでしょう。

（六點鐘起床的話，趕得上電車吧！）

（起きる）〈上一段〉→ 起き

③字典を　調べたら、意味が　分かります。

（查一下字典的話，就知道意思了。）

（調べる）〈下一段〉→ 調べ

④台風が　来たら、家に　居て下さい。

（如果颱風來了，請待在家裏。）

（来る）→ 来

⑤運動を　したら、体が　健康に　なります。

（做運動的話，有益健康。）

（する）→ し

用法2：一個動作完成之後緊接著做另一個動作或發現了另一個動作

（一～就……）

例句

①部屋を　使ったら、すぐ　片づけて下さい。

（用過房間之後，請馬上整理。）

（使う）〈五段〉→ 使い＋たら → 使ったら（促音便）

② ご飯を　食べたら、すぐ　見学に　行きます。

（吃過飯馬上去見習。）

（食べる）〈下一段〉→ 食べ

③ 結婚したら、すぐ　会社を　止めます。

（一結了婚就辭掉工作。）

（結婚する）→ 結婚し

④ 家に　帰ったら、誰も　いなかった。

（一回到家裏卻發現沒有人在家。）

（帰る）〈五段〉→ 帰り＋たら → 帰ったら（促音便）

⑤ 窓を　開けたら、蚊が　飛んで　来ました。

（一打開窗戶，蚊子就飛進來了。）

（開ける）〈下一段〉→ 開け

 注意

各詞性＋「たら」的變化表如下例：

		肯定	否定
動詞	読む ある	読んだら（ん音便） あったら（促音便）	読ま＋なかったら （例外）なかったら
い形 （形容詞）	安い いい	安かったら （例外）よかったら	安くなかったら 良くなかったら
な形 （形容動詞）	元気	元気だったら	元気でなかったら
名詞	雨	雨だったら （同上）	雨でなかったら 同上

3.「動₂」（ます形）＋「たい・たがる」（希望助動詞）

　⑴「動₂」（ます形）＋「たい」

　　　用法：表示 1、2 人稱希望做某事（想～）

　　　例句

　　　①私は　絵を　書きたい。

　　　　（我想要畫畫。）

　　　　（書く）〈五段〉→ 書き

　　　②あなたは　シャワーを　浴びたいですか。

　　　　（你想沖澡嗎？）

　　　　（浴びる）〈上一段〉→ 浴び

　　　③私は　ネクタイを　締めたい。

　　　　（我想打領帶。）

　　　　（締める）〈下一段〉→ 締め

　　　④日本へ　来たいですか。

　　　　（你想來日本嗎？）

　　　　（来る）→ 来

　　　⑤あなたは　帰国したいですか。

　　　　（你想回國嗎？）

　　　　（帰国する）→ 帰国し

 注意

①希望助動詞「たい」的詞尾變化與「形容詞」相同，列表如下：					
1	2	3	4	5	6
たかろ	たかっ たく	たい	たい	たけれ	×

其語體、時式舉例如下：

a. 私は　寝_ねたい。

（我想睡覺。）（常體肯定句　現在式　無時式）

b. 私は　寝たいです。

（同上。）（敬體肯定句　現在式　無時式）※a＝b

c. 私は　寝たくない。

（我不想睡覺。）（常體否定句　現在式　無時式）

d. 私は　寝たくないです。

（同上。）（敬體否定句　現在式　無時式）※c＝d

e. 私は　寝たかった。

（我想睡覺。）（常體肯定句　過去式）

f. 私は　寝たかったです。

（同上。）（敬體肯定句　過去式）※e＝f

g. 私は　寝たくなかった。

（我不想睡覺。）（常體否定句　過去式）

h. 私は　寝たくなかったです。

（同上。）（敬體否定句　過去式）※g＝h

② 「たい」的各時式常體下接「だろう・でしょう」、「ようだ・ようです」、「のだ・のです」時，可用於「第3人稱」當主語的句子，例如：

a. 彼_{かれ}は　行_いきたいでしょう。

（他想去吧！）（行_いく）

b. あの人_{ひと}も　帰_{かえ}りたいようです。

（那個人好像也想回去的樣子。）（帰_{かえ}る）

c. 王_{おう}さんも　聞_ききたいのです。

（王先生他也想聽。）（聞_きく）

③此項用法中，當動詞為他動詞時，受詞功能的「を」可改為「が」，
例如：

　　　◎私は　ご飯を　食べたい。（我想吃飯）
　　　　　（が）

④「たい」的詞尾第2變化「たく」也可當「副詞形」使用，以修飾
動詞等，例如：

　　　◎蟹を　食べたく　なる。
　　　（變得想吃螃蟹。）

也可當「中止形」使用，例如：

　　　◎タバコも　吸いたく、酒も　飲みたい。
　　　（既想抽菸，也想喝酒。）

(2)「動₂」（ます形）＋「たがる」〈五段〉

用法：表示第3人稱希望做某件事（想～）

例句

①彼は　小説を　読みたがって　います。

（他想看小說。）

（読む）〈五段〉→ 読み＋たがる〈五段〉→ 読みたがり＋て

→ 読みたがって（促音便）

②あの　人は　映画を　見たがって　いません。

（那個人並不想看電影。）

（見る）〈上一段〉→ 見

③あの　子供は　お菓子を　食べたがります。

（那個小孩子想吃點心。）

（食べる）〈下一段〉→ 食べ

④あの　人も　来<ruby>き</ruby>たがって　います。

（那個人也想來。）

（<ruby>来<rt>く</rt></ruby>る）→ 来

⑤<ruby>彼女<rt>かのじょ</rt></ruby>は　<ruby>帰京<rt>き きょう</rt></ruby>したがって　います。

（她想回東京。）

（<ruby>帰京<rt>き きょう</rt></ruby>する）→ 帰京し

 注意

①此項用法中的動詞爲「他動詞」時，受詞功能的「を」不可改爲「が」。例如：

（○）<ruby>彼<rt>かれ</rt></ruby>は　<ruby>音楽<rt>おんがく</rt></ruby>を　<ruby>聞<rt>き</rt></ruby>きたがって　いる。

（×）〜　　　（が）〜

　　　（他想聽音樂）

②此項用法中，若爲表達主語當時心中的希望時，則以「ている」句型表達。

其「語體（常體・敬體）、時式」舉例如下：

a.　彼は　<ruby>水<rt>みず</rt></ruby>を　<ruby>飲<rt>の</rt></ruby>みたがって　いる。

（他想喝水。）（常體肯定句　未來式　現在式　無時式）

（〜たがる）〈五段〉→ たがり＋て → たがって（促音便）

b.　彼は　水を　飲みたがって　います。※a＝b

（同上。）（敬體肯定句　未來式　現在式　無時式）

c.　彼は　水を　飲みたがって　いない。

（他不想喝水。）（常體否定句　未來式　現在式　無時式）

d.　彼は　水を　飲みたがって　いません。※c＝d

（同上。）（敬體否定句　未來式　現在式　無時式）

e.　彼は　昨日、水を　飲みたがって　いた。

（他昨天想喝水。）（常體肯定句　過去式）

f. 彼は　昨日、水を　飲みたがって　いました。※e＝f

（同上。）（敬體肯定句　過去式）

g. 彼は　昨日、水を　飲みたがって　いなかった。

（他昨天並不想喝水。）（常體否定句　過去式）

h. 彼は　昨日、水を　飲みたがって　いませんでした。

（同上。）（敬體否定句　過去式）※g＝h

4.「動₂」（ます形）＋ そうだ（常體）
そうです（敬體） （樣態助動詞）

用法：表示即將發生某動作的樣子、狀態（眼看著就要～）

記憶竅門

可由「～そうそ（樣態助動詞）」聯想其意爲「樣子、狀態」。

例句

① 蛙が　死にそうです。

（青蛙好像快要死了。）

（死ぬ）〈五段〉→ 死に

② 花が　落ちそうです。

（花好像要謝了。）

（落ちる）〈上一段〉→ 落ち

③ 袋が　破れそうです。

（袋子好像快破掉了。）

（破れる）〈下一段〉→ 破れ

④ 嵐が　来そうです。

（暴風雨好像快要來了。）

（来る）→ 来

⑤ 汽^き<ruby>船<rt></rt></ruby>が <u>転^{てんぷく}覆し</u>そうです。

（輪船好像要翻覆了。）

（転^{てんぷく}覆する）→ 転覆し

 注意

樣態助動詞「そうだ」（常體）、「そうです」（敬體）的詞尾變化如下：

1	2	3	4	5	6
そうだろ	だっ そうで に	そうだ	そうな	そうなら	×
そうでしょ	そうでし	そうです	そうです	×	×

其「語體（常體・敬體）、時式」舉列如下：

①彼女^{かのじょ}は 泣^なきそうだ。

　（她好像快要哭的樣子。）（常體肯定句　現在式　無時式）

②彼女は 泣きそうです。※ ① ＝ ②

　（同上。）（敬體肯定句　現在式　無時式）

③彼女は 泣きそうも ない。

　（她一點也沒有像要哭的樣子。）（敬體肯定句　現在式　無時式）

④彼女は 泣きそうも ないです。※ ③ ＝ ④

　（同上。）（敬體否定句　現在式　無時式）

⑤さっき、彼女は 泣きそうだった。

　（她剛才好像快要哭的樣子。）（常體肯定句　過去式）

⑥さっき、彼女は 泣きそうでした。※ ⑤ ＝ ⑥

　（同上。）（敬體肯定句　過去式）

⑦さっき、彼女は 泣きそうも なかった。

　（她剛才沒有要哭的樣子。）（常體否定句　過去式）

⑧さっき、彼女は 泣きそうも なかったです。※ ⑦ ＝ ⑧

　（同上。）（敬體否定句　過去式）

⑨彼女は 泣きそうに なります。

（她變得好像要哭的樣子。）（敬體肯定句）

⑩彼女は　泣きそうな　顔をしている。

（她一付像要哭的臉。）（常體肯定句）

而此項用法的「否定句」要以

動₂（ます形）＋
　　　　　　　　　そうも　ない（です）
　　　　　　　　　そうも　なかった（です）　　句型表示，

如舉例③④⑦⑧。

㈢「動₂」（ます形）＋「助詞」

1.「動₂」（ます形）＋「に」

用法：表示爲某種「動作目的」而……

例句

① 公園へ　遊びに　行きます。

（到公園去玩。）

（遊ぶ）〈五段〉→ 遊び

② 私は　友達に　会いに　行きました。

（我去見朋友了。）

（会う）〈五段〉→ 会い

③ 喫茶店に　紅茶を　飲みに　入りました。

（到茶館去喝紅茶。）

（飲む）〈五段〉→ 飲み

④ 母は　市場へ　野菜を　買いに　出ます。

（母親要到市場去買菜）。

（買う）〈五段〉→ 買い

⑤ 花を 見に 来ました。

（來看花了。）

（見る）〈上一段〉→ 見

⑥ 食堂へ ご飯を 食べに 出掛けました。

（去餐館吃飯了。）

（食べる）〈下一段〉→ 食べ

⑦ あなたは 何を しに 帰りますか。

（你要回家做什麼呢？）

（する）→ し

 注意

「サ行變格複合動詞」時，則用「動作名詞＋に」，例如：

① デパートへ 買物に 行きます。

（要去百貨公司購物。）

② 工場へ 見学に 来ました。

（到工場來見習了。）

③ 森へ 散歩に 行きましょう。

（到森林去散步吧！）

④ 台湾へ 勉強に 来ました。

（到臺灣來讀書。）

⑤ 自動車の 練習に 行きました。

（去練習開車了。）

例句⑤不可說成：

（×）自動車を 練習に 行きました。

因為兩個名詞間不可以「を」來連接。

2. 「動₂」（ます形）＋「ながら」

用法 1：表示兩種動作同時進行（一邊～）

例句

① ギターを 弾きながら、歌を 歌います。

（一邊彈吉他，一邊唱歌。）

（弾く）〈五段〉→ 弾き＋ながら

② 映画を 見ながら、話しを しないで下さい。

（請不要一邊看電影，一邊說話。）

（見る）〈上一段〉→ 見＋ながら

③ ご飯を 食べながら、相談しましょう。

（一邊吃飯，一邊商量吧！）

（食べる）〈下一段〉→ 食べ＋ながら

④ 車を 運転しながら、ニュースを 聞きました。

（一邊開車，一邊聽新聞。）

（運転する）→ 運転し＋ながら

用法 2：表示「ながら」的前後句出現違反常理的現象（雖然～）

例句

① 悪いと 知りながら、嘘を つきました。

（明知不好，卻還是撒了謊。）

（知る）〈五段〉→ 知り＋ながら

② 事故の 原因を 知っていながら、黙っています。

（雖然知道事故的原因，卻沉默不語。）

（知る）〈五段〉→ 知り＋て→ 知って（促音便）

3.「動₂＋て」（て形）

　(1)「動₂＋て」（中止形）（て形）

　　　用法 1：表示對同一主語的內容做連續性的敘述

　　　例句

　　　①父は　朝　起きて、庭に　出ます。

　　　　（父親早上起床後，到庭院去。）

　　　　（起きる）〈上一段〉→ 起き＋て

　　　②私は　ご飯を　食べて、新聞を　読んで、

　　　　家を出ます。

　　　　（我吃飯、看報紙，然後離開家。）

　　　　（食べる）（読む）

　　　③ 弟 は　テレビを　見て、英語を　勉 強 して、

　　　　寝ました。

　　　　（弟弟看了電視、讀了英文，就睡覺了。）

　　　　（見る）〈上一段〉→ 見＋て

　　　　（勉 強 する）→ 勉強し＋て

　　　用法 2：表示對比性的敘述

　　　例句

　　　①家は　ここに　あって、学校は　そこに

　　　　あります。

　　　　（家在這裏，而學校在那裏。）

　　　　（ある）〈五段〉→ あり＋て → あって（促音便）

　　　②子供は　遊んで、大人は　仕事を　します。

　　　　（小孩子玩耍，而大人要工作。）

（遊ぶ）〈五段〉→ 遊び＋て → 遊んで（ん音便）

③私は　寿司を　食べて、林さんは　牛乳を
飲みます。

（我吃壽司而林先生喝牛奶。）

（食べる）〈下一段〉→ 食べ＋て

用法3：表示原因（因為～）

例句

①用事が　あって、帰りました。

（因為有事就回去了。）

（ある）〈五段〉→ あり＋て → あって（促音便）

②雪が　降って、電車が　止まりました。

（由於下雪，電車停開了。）

（降る）〈五段〉→ 降り＋て → 降って（促音便）

③運動を　して、疲れました。

（因為運動而疲勞。）

（する）→ し＋て

用法4：表示憑藉的方法、手段（以；憑著；藉著）

例句

①電車に　乗って銀座へ　行きます。

（搭電車去銀座。）

（乗る）〈五段〉→ 乗り＋て → 乗って（促音便）

②歩いて　家へ　帰りました。

（走路回家了。）

（歩く）〈五段〉→ 歩き＋て → 歩いて（い音便）

③音楽を　聞いて　歌を　歌います。

（聽音樂唱歌。）

（聞く）〈五段〉→ 聞き＋て → 聞いて（い音便）

 注意

①以上用法常見於「會話體」中。

②「中止形（て形）」的「語體（常體・敬體）和時式」由句尾決定，
例如：

⊙私は　明日　本を　読んで、手紙を　書く。

（我明天要讀書、寫信。）（常體肯定句　未來式）

(2)「動₂」＋「てから」（て形＋から）

用法：表示某個動作完成之後（～之後）

例句

①私は　歯を　磨いてから、顔を　洗います。

（我刷完牙之後，就洗臉。）

（磨く）〈五段〉→ 磨き＋て→ 磨いて（い音便）

②観光客は　遊覧バスを　降りてから、お土産の
店に　入りました。

（觀光客下了遊覽車後，就進了土產店。）

（降りる）〈上一段〉→ 降り＋て

③友達は　寮を　出てから、電車に　乗ります。

（朋友出了宿舍之後，就去搭電車。）

（出る）〈下一段〉→ 出＋て

④あの　人は　日本へ　来てから、勉 強を
始めました。

（那個人來到日本之後，就開始學習。）

（来る）→ 来＋て

⑤体操を　してから、泳ぎます。

（做完體操後，就游泳。）

（する）→ し＋て

(3)「動₂＋て」（て形）＋いる

用法 1：表示動作正在進行（正在～）

例句

①風は　今　吹いて　います。

（風現在正在吹。）

（吹く）〈五段〉→ 吹き＋て → 吹いて（い音便）

②子供は　今　廊下を　走って　います。

（小朋友現在正在走廊上跑。）

（走る）〈五段〉→ 走り＋て → 走って（促音便）

③私は　今　テレビを　見て　います。

（我現在正在看電視。）

（見る）〈上一段〉→ 見＋て

④あの　人は　今　電話を　かけて　います。

（那個人現在正在打電話。）

（かける）〈下一段〉→ かけ＋て

⑤研修生は　今　工場を　見学して います。

（研習生現在正在工廠見習。）

（見学する）→ 見学し＋て

用法 2：表示動作發生後的存續狀態

例句

①花が　咲いて います。

（花盛開著。）

（咲く）〈五段〉→ 咲き＋て→ 咲いて（い音便）

②お祖父さんが　帽子を　被って います。

（爺爺戴著帽子。）

（被る）〈五段〉→ 被り＋て→ 被って（促音便）

③石が　道路に　落ちて います。

（石頭掉落在道路上。）

（落ちる）〈上一段〉→ 落ち＋て

④眼鏡が　割れて います。

（眼鏡破了。）

（割れる）〈下一段〉→ 割れ＋て

⑤友達が　家に　来て います。

（朋友到家裏來。）

（来る）→ 来＋て

用法 3：表示長久、重複、習慣性的動作

例句

①妹は　毎日　バスで　学校に　通って います。

（妹妹每天搭巴士上學。）

（通う）〈五段〉→ 通い＋て → 通って（促音便）

② 母は　毎朝　五時に　起きて います。

（母親每天早上五點鐘起床。）

（起きる）〈上一段〉→ 起き＋て

③ 弟は　いつも　サングラスを　掛けて います。

（弟弟經常戴太陽眼鏡。）

（掛ける）〈下一段〉→ 掛け＋て

④ 会社には　毎日　大工さんが　来て います。

（工匠每天都到公司來。）

（来る）→ 来＋て

⑤ あの　人は　東京大学で、英語を
専攻して います。

（那個人在東京大學專攻英文。）

（専攻する）→ 専攻し＋て

 注意

①下列動詞沒有「動₂＋て（て形）いる」的用法。

a. 表示「存在」、「擁有」的動詞：「ある」、「いる」……

b. 表示「能力」方面的動詞、助動詞：「できる」、「読める」、「食べられる」……

c. 表示「過度」的複合動詞：「飲みすぎる」、「大きすぎる」、「派手すぎる」……

d. 表示「需要」的動詞：「かかる」、「要る」、「要する」
　　誤例：（×）木が あっています。

②「ている」中的「い」音，在口語中經常被省略不發音，例如：

「読んでいる」→「読んでる」

③「ている」的「語體（常體―普通形；敬體―禮貌形）、時式」請參考第三章。

(4)「動₂＋て」（て形）＋「行く」

用法 1：表示說話者敘述某動作由近到遠的移動，如圖所示：

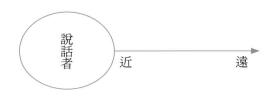

 記憶竅門

由漢字「〜て行く」聯想其意爲「朝遠處前行移動」。

例句

①子供は　動物園へ　歩いて　行きます。

（小孩子要走路去動物園。）

（歩く）〈五段〉→歩き＋て→歩いて（い音便）

②人々は　橋を　渡って　行きました。

（人們過橋去了。）

（渡る）〈五段〉→渡り＋て→渡って（促音便）

③母は　階段を　下りて　行きました。

（母親下樓梯去了。）

（下りる）〈上一段〉→下り＋て

④船は　港を　出て　行きます。

（船要出港去。）

（出る）〈下一段〉→ 出＋て

用法 2：表示動作在時間上從現在朝向未來進行下去，如圖所示：

 記憶竅門

由漢字（〜て 行 く）聯想其意為「某動作朝未來進 行 下去」。

例句

① 騒音は　だんだん　静まって　いきました。

（噪音漸漸地安靜了。）

（静まる）〈五段〉→ 静まり＋て → 静まって（促音便）

② ますます　暑く　なって　いきます。

（會越來越熱。）

（なる）〈五段〉→ なり＋て → なって（促音便）

③ 母親は　子供の　ために、生きて　いきます。

（母親為了小孩而活下去。）

（生きる）〈上一段〉→ 生き＋て

④ 昆虫が　増えて　いきます。

（昆蟲將越來越多。）

（増える）〈下一段〉→ 増え＋て

⑸「動₂＋て」（て形）＋「来る」

用法 1：表示說話者敘述某動作由遠到近的移動，如圖所示：

動詞篇

記憶竅門

由漢字「～て来る」聯想其意為「動作從遠處来到近處」。

例句

①兄は 明日 カナダから 帰って 来ます。

（哥哥明天會從加拿大回來。）

（帰る）〈五段〉→ 帰り＋て→ 帰って（促音便）

②犬は 私の 方へ 走って 来ました。

（狗跑向我這邊來了。）

（走る）〈五段〉→ 走り＋て→ 走って（促音便）

③下から 猫が 飛び上がって 来ました。

（貓從下面跳上來了。）

（飛び上がる）〈五段〉→ 飛び上がり＋て → 飛び上がって

（促音便）

④水は 部屋に 流れて 来ました。

（水流到房間裏來了。）

（流れる）〈下一段〉→ 流れ＋て

用法 2：表示動作在時間上從過去朝向現在進行過來，如圖所示：

記憶竅門

由漢字「～て 来 る」聯想其意爲「某動作從以前進行過来」。

例句

①彼は 子供の 時から 漫画を 読んで 来ました。

（他從小時候就一直在看漫畫。）

（読む）〈五段〉→ 読み＋て → 読んで（ん音便）

②今まで、銀行に 五年間 勤めて 来ました。

（到現在爲止，在銀行工作五年了。）

（勤める）〈下一段〉→ 勤め＋て

③四年前から ずっと 体を 鍛えて 来ました。

（從四年前開始，就一直在鍛鍊身體。）

（鍛える）〈下一段〉→ 鍛え＋て

用法 3：表示動作的開始或出現

記憶竅門

由漢字「～て 来 る」聯想其意爲「某個現象、動作的出來、到来」。

例句

①雪が 降って 来ました。

（下起雪來了。）

（降る）〈五段〉→ 降り＋て → 降って（促音便）

②温泉が 湧いて 来ました。

（溫泉湧出來了。）

（湧く）〈五段〉→ 湧き＋て → 湧いて（い音便）

日檢 N4、N5 合格，文法完全學會

③公害問題が　出て　来ました。

（公害問題產生了。）

（出る）〈下一段〉→　出＋て

(6)「動₂＋て」（て形）＋「ある」

用法：表示事物的狀態（是由人爲動作造成的）

 記憶竅門

由漢字「～て有る」聯想此句型之意爲「某物有被～」。

例句

① 机の　上に　字典が　置いて　あります。

（桌上放著字典。）

（置く）〈五段〉→　置き＋て　→　置いて（い音便）

②テレビの　上に　花瓶が　飾って　あります。

（電視機上面裝飾著花瓶。）

（飾る）〈五段〉→　飾り＋て　→　飾って（促音便）

③壁に　絵が　掛けて　あります。

（牆壁上掛著畫。）

（掛ける）〈下一段〉→　掛け＋て

④木は　公園に　植えて　あります。

（公園裏種著樹。）

（植える）〈下一段〉→　植え＋て

⑤本は　本棚に　並べて　あります。

（書排放在書架上。）

（並べる）〈下一段〉→　並べ＋て

注意

①強調某個事物的存在狀態是因人爲動作所造成時，則使用以下句型：

a.「場所に　物が　<u>動₂（他動詞）＋て</u>（て形）ある」。如例句
①②③。

b.「物は　場所に　<u>動₂（他動詞）＋て</u>（て形）ある」。如例句
④⑤。

②表示「某個場所存在某個物體」，或「某個物體存在於某個場所」
中時，則使用以下句型：

a.「場所に　物が　ある（或いる）」，例如：

⊙部屋に　机が　あります。

（房間裏有桌子。）

⊙部屋に　人が　います。

（房間裏有人。）

b.「物は　場所に　ある（或いる）」，例如：

⊙机は　部屋に　あります。

⊙人は　部屋に　います。

③本句型的「語體（常體—普通形；敬體—禮貌形）、時式」如下：

a. 壁に　地図が　<u>貼って</u>　ある。

（牆壁上貼著地圖。）（常體肯定句　未來式　現在式　無時式）

b. 壁に　地図が　<u>貼って</u>あります。※a＝b

（同上。）（敬體肯定句　未來式　現在式　無時式）

c. 壁に　地図が　<u>貼って</u>　ない。

（牆壁上沒有貼著地圖。）（常體否定句　未來式　現在式　無
時式）

d. 壁に　地図が　<u>貼って</u>ありません。※c＝d

（同上。）（敬體否定句　未來式　現在式　無時式）

e. 壁に　地図が　<u>貼って</u>あった。

（牆壁上貼著地圖。）（常體肯定句　過去式）

f. 壁に　地図が　貼って ありました。※e＝f

　　（同上。）（敬體肯定句　過去式）

g. 壁に　地図が　貼って なかった。

　　（牆壁上未曾貼過地圖。）（常體否定句　過去式）

h. 壁に　地図が　貼って ありませんでした。※g＝h

　　（同上。）（敬體否定句　過去式）

④本句型表示「場所」的助詞使用「に」。

(7)「動₂＋て」（て形）＋「おく」

　　用法 1：表示預先做某事（預先～）

 記憶竅門

由日文漢字「〜て 置く」聯想中文「前置作業」，即「預先〜」之意。

例句

①切符を　買って　おきますか。

　　（要預先買票嗎？）

　　（買う）〈五段〉→ 買い＋て → 買って（促音便）

②料理を　作る　前に、お湯を　沸かして

おきます。

　　（做菜前，預先燒好熱開水。）

　　（沸かす）〈五段〉→ 沸かし＋て

③宿題を　する 前に、鉛筆を　削って　おきます。

　　（做習題前，先把鉛筆削好。）

　　（削る）〈五段〉→ 削り＋て → 削って（促音便）

④試験の　前に、腕時計を　合わせて　おきます。

　　（考試前先把手錶時間對好。）

（合わせる）〈下一段〉→ 合わせ＋て

⑤ 出国する 前に、荷物を 準備して おきます。

（出國前先把行李準備好。）

（準備する）→ 準備し＋て

用法2：表示持續維持某種狀態（放置不管～）

記憶竅門

> 由日文漢字「～て 置 く」聯想中文「置 之不理」，即「放 置 不管」之意。

例句

①花瓶を そこに 置いて おきましょう。

（就把花瓶擱在那裏吧！）

（置く）〈五段〉→ 置き＋て → 置いて（い音便）

②仕事を 放って おきましょう。

（就把工作放著吧！）

（放る）〈五段〉→ 放り＋て → 放って（促音便）

③窓を 開けて おきましょう。

（讓窗戶開著吧！）

（開ける）〈下一段〉→ 開け＋て

注意

> ①此句型的否定使用法爲「～ないで おく」，如：
>
> ⊙健康診断の 日は 朝食を 食べないで おく。
>
> （健康檢查當天，早飯先別吃。）
>
> ⊙心配するから、父には 言わないで おこう。
>
> （因爲怕爸爸擔心，所以別跟他說。）

②此項用法中的「てお」在會話中會轉音成「と」，「でお」會轉音成
「ど」，例如：

⊙酒を　買っておく
→酒を　買っとく
（先買酒）
⊙資料を　読んでおく
→資料を　読んどく
（先讀資料。）

動詞篇

(8)「動₂＋て」（て形）＋「しまう」

用法 1：表示某動作造成無法挽回或補救的狀態

 記憶竅門

由漢字「～て 終 う」聯想其意為「終 結某動作」。

例句

①葉が　散って しまいました。
（葉子掉落了。）
（散る）〈五段〉→ 散り＋て → 散った（促音便）

②雪が　溶けて しまいました。
（雪融化了。）
（溶ける）〈下一段〉→ 溶け＋て

③殺人犯は　もう　逃げて しまいました。
（殺人犯已經逃走了。）
（逃げる）〈下一段〉→ 逃げ＋て

④あの　貿易会社は　倒産して しまいました。
（那家貿易公司倒閉了。）

（倒産する）→ 倒産し＋て

用法 2：表示不經意造成某動作

例句

①バスの　中に　鞄を　忘れて　しまいました。

（不小心把皮包遺忘在巴士上了。）

（忘れる）〈下一段〉→ 忘れ＋て

②電車を　待っている　うちに、

寝て　しまいました。

（在等電車時，不自覺地睡著了。）

（寝る）〈下一段〉→ 寝＋て

③あまりにも　美味しいから、

食べすぎて　しまった。

（因為實在太好吃了，一不小心就吃太多了。）

（食べすぎる）〈上一段〉→ 食べすぎ＋て

用法 3：表示極端的狀態

例句

①二、三日　寝なかったので、もう

疲れて　しまいました。

（因為已經有兩、三天沒睡了，實在是累極了。）

（疲れる）〈下一段〉→ 疲れ＋て

②お金が　なくて、本当に　困って　しまいました。

（沒有錢實在是很傷腦筋。）

（困る）〈五段〉→ 困り＋て → 困って（促音便）

③ もう 同じ 食事に 飽きて しまいました。
<ruby>同<rt>おな</rt></ruby> <ruby>食事<rt>しょくじ</rt></ruby> <ruby>飽<rt>あ</rt></ruby>

（已經對同樣的飲食厭煩極了。）

（<ruby>飽<rt>あ</rt></ruby>きる）〈上一段〉→ 飽き＋て

用法 4：表示徹底地做某動作

例句

① パンを 全部 食べて しまいました。
<ruby>全部<rt>ぜんぶ</rt></ruby> <ruby>食<rt>た</rt></ruby>

（把麵包全部吃光了。）

（<ruby>食<rt>た</rt></ruby>べる）〈下一段〉→ 食べ＋て

② サイダーを 飲んで しまいました。
<ruby>飲<rt>の</rt></ruby>

（把汽水全部喝光了。）

（<ruby>飲<rt>の</rt></ruby>む）〈五段〉→ 飲み＋て → 飲んで（ん音便）

③ この 小説を 一日で 読んで しまいます。
<ruby>小説<rt>しょうせつ</rt></ruby> <ruby>一日<rt>いちにち</rt></ruby> <ruby>読<rt>よ</rt></ruby>

（要把這本小說一天內看完。）

（<ruby>読<rt>よ</rt></ruby>む）〈五段〉→ 読み＋て → 読んで（ん音便）

 注意

本句型中的「てしま」及「でしま」在口語中會分別轉音成「ちゃ」
及「じゃ」，例如：

⊙<ruby>食<rt>た</rt></ruby>べてしまった。　　⊙<ruby>飲<rt>の</rt></ruby>んでしまった。

　→ 食べちゃった。　　　→ 飲んじゃった。

(9)「動₂＋て」（て形）＋「あげる」（或「やる」）

用法：表示少數人稱爲多數人稱「提供某動作」，如圖所示：

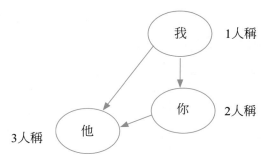

A は（が）　　　B に　　　……を →　〜て　あげる
（動作施予者；主語）　（動作接受者）　　　　　〜て　やる

記憶竅門

以口訣「（我為人人）服務」聯想其意為「我（或我方）為別人服務」。

例句

①私は　あなたに　日本語を　教えて　あげました。

（我教了你日文。）私(1) → あなた(2)

（教える）〈下一段〉→ 教え＋て

②あなたは　先生に　本を　買って　あげましたか。

（你為老師買書了嗎？）あなた(2) → 先生(3)

（買う）〈五段〉→ 買い＋て → 買って（促音便）

③私は　あの　人に　傘を　貸して　あげました。

（我借傘給那個人了。）私(1) → あの人(3)

（貸す）〈五段〉→ 貸し＋て

④私は　娘に　本を　読んで　やりました。

（我唸書給女兒聽了。）私(1) → 娘(3)

（読む）〈五段〉→ 読み＋て → 読んで（ん音便）

⑤私の　友達（ともだち）の　林（りん）さんは　あなたに　お土産（みやげ）を
送（おく）って　あげましたか。

（我的朋友林先生送您土產了嗎？）私の友達の林さん⑴ →
あなた⑵

（送（おく）る）〈五段〉 → 送り＋て → 送って（促音便）

注意

①人稱種類分爲：第 1 人稱（我、我們）、第 2 人稱（你、你們）、第
　3 人稱（他、他們）

②授受動詞（あげる、下（くだ）さる、いただく）常見模式爲：
　■ 主語は（或が）　對象に　物を　授受動詞

③當主語爲「我方親友」時，在對外的授受關係中應視爲「第 1 人稱」，
　如例句⑤。

④「あげる」用於「主語爲上輩提供某動作」。
　「やる」用於「主語爲下輩（或平輩）提供某動作」。

⑩「動₂＋て」（て形）＋「下さる」（或「くれる」）
　　用法：表示多數人稱給少數人稱「提供某動作」，如圖所示：

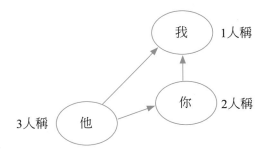

記憶竅門

以慣用語「（人人爲我）服務」聯想此句型之意爲「別人爲我（或我方）服務」。

例句

①先生は　あなたに　本を　買って
下さいましたか。

（老師買書給你了嗎？）先生(3) → あなた(2)

（買う）〈五段〉→ 買い＋て → 買って（促音便）

②あなたは　私に　日本語を　教えて
下さいませんか。

（你可不可以教我日文呢？）あなた(2) → 私(1)

（教える）〈下一段〉→ 教え＋て

③先生は　私に　文章を　説明して　下さいました。

（老師給我説明文章了。）先生(3) → 私(1)

（説明する）→ 説明し＋て

④娘は　私に　本を　読んで　くれました。

（女兒唸書給我聽了。）娘(3) → 私(1)

（読む）〈五段〉→ 読み＋て → 読んで（ん音便）

⑤あなたは　私の　友達の　林さんに　お土産を
送って　下さいましたか。

（你送土産給我的朋友林先生了嗎？）あなた(2) → 私の友達の
林さん(1)

（送る）〈五段〉→ 送り＋て → 送って（促音便）

日檢N4、N5合格・文法完全學會

注意

> 「下さる」：主語給下輩（或平輩）提供某動作。
> 「くれる」：主語給上輩（或平輩）提供某動作。

⑴「動₂＋て」（て形）＋「いただく」（或「もらう」）

　　用法：表示少數人稱請求多數人稱「提供某動作」，如圖所示：

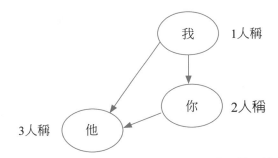

 記憶竅門

> 以口訣「（我要別人）服務」聯想其意為「我（或我方）要求別人做某事」。

例句

① 私は　あなたに　日本語を　教えて
　　いただきました。

　　（我要您教我日文。）私⑴→あなた⑵
　　（教える）〈下一段〉→教え＋て

② あなたは　先生に　本を　買って
　　いただきましたか。

　　（你麻煩老師買書了嗎？）あなた⑵→先生⑶

（買う）〈五段〉→ 買い＋て → 買って（促音便）

③ 私は　先生に　傘を　貸して　いただきました。

（我麻煩老師借傘給我了。）私(1)→ 先生(3)

（貸す）〈五段〉→ 貸し＋て

④ 私は　娘に　本を　読んで　もらいました。

（我要女兒唸書給我聽了。）私(1)→ 娘(3)

（読む）〈五段〉→ 読み＋て → 読んで（ん音便）

⑤ 私の　友達の　林さんは　あなたに　お土産を
買って　いただきましたか。

（我的朋友林先生麻煩您買土產了嗎？）私の友達の林さん(1)
→ あなた(2)

（買う）〈五段〉→ 買い＋て → 買って（促音便）

 注意

「いただく」：主語請求上輩提供某動作。

「もらう」：主語要求下輩（或平輩）提供某動作。

⑿「動₂＋て」（て形）＋「下さい」

用法：表示請求對方做某事（請～）

 記憶竅門

以慣用語「（人人爲我）服務」聯想此句型之意爲「別人爲我（或我方）
服務」。

例句

① ちょっと　待って（下さい）。

（請稍等。）

（待つ）〈五段〉→ 待ち＋て → 待って（促音便）

②そこに 居て 下さい。

　（請待在那裏。）

　（居る）〈上一段〉→ 居＋て

③ビザを 見せて 下さい。

　（請讓我看簽證。）

　（見せる）〈下一段〉→ 見せ＋て

④事務所へ 来て 下さい。

　（請到辦公室來。）

　（来る）→ 来＋て

⑤新聞社を 参観して 下さい。

　（請參觀報社。）

　（参観する）→ 参観し＋て

 注意

①此項用法語氣上較直接，委婉些的說法可用「動₂＋て（て形）＋
　下さいませんか」句型，例如：

　　タクシーを 呼んで 下さいませんか。

　　（能否請叫計程車？）

　　（呼ぶ）〈五段〉→ 呼び＋て → 呼んで（ん音便）

②請求對方做某事的句型可分為以下三個層次：

a. 動₂＋て（て形）＋くれ（不客氣的請求，用於熟人間或上輩對
　下輩），例如：

　　⊙電気を 消して くれ。

　　（把電燈關掉。）

　　（消す）〈五段〉→ 消し＋て

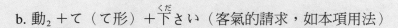

b. 動₂＋て（て形）＋下(くだ)さい（客氣的請求，如本項用法）

c. お＋動₂（ます形）＋下(くだ)さい（最客氣的請求），例如：

⊙お入(はい)り下さい。

（請進來。）

（入(はい)る）〈五段〉 → 入り

但下列動詞的「最客氣請求」需用特別形態表示。例如：

動₃（字典形）	最客氣請求
居(い)る 行(い)く 来(く)る	いらっしゃって 下(くだ)さい。 おいでに なって 下さい。 （請待著）（請去）（請來）
言(い)う	おっしゃって 下さい。 （請說）
見(み)る	ご覧(らん)に なって 下さい。 （請看）
食(た)べる 飲(の)む	召(め)し上(あ)がって 下さい。 （請用餐）
する	なさって 下さい。 （請做）
寝(ね)る	お休(やす)みに なって 下さい。 （請休息）
着(き)る	おめしに なって 下さい。 （請穿）

另外，表示「命令」方面的句型可參考下列的句型：

⒀「動₂」（ます形）＋「な（さい）」

用法：表示命令對方做某事

例句

① 二階へ　上がりな（さい）。

（請上二樓來。）

（上がる）〈五段〉→ 上がり＋な

② 早く　起きなさい。

（請快點起床。）

（起きる）〈上一段〉→ 起き＋な

③ お茶を　入れなさい。

（請泡茶。）

（入れる）〈下一段〉→ 入れ＋な

④ こちらへ　来なさい。

（請到這邊來。）

（来る）→ 来＋な

⑤ 勉強 しなさい。

（請用功。）

（勉強する）→ 勉強し＋な

注意

①命令對方做某事的句型可分爲三個層次：

　a. 動₆（命令形）（爲不客氣的命令，請參照動 6 的用法。）

　b. 動₂（ます形）＋なさい（客氣的命令，如本項用法）

　c. お＋動₂（ます形）＋なさい（最客氣的命令），例如：

　■ お読みなさい。

　（請讀。）（読む）

但下列動詞的「最客氣的命令」需用特別形態表示，例如：

動詞篇

動₃（字典形）	最客氣命令
居る 行く 来る	いらっしゃい。 おいでなさい。 （請待著！）（請去！）（請來！）
言う	おっしゃい。 （請說！）
見る	ご覧なさい。 （請看！）
食べる 飲む	召し上がりなさい。 （請吃！）
する	なさい。 （請做！）
寝る	お休みなさい。 （請休息！）
くれる	下さい。 （給我！）

⒁「動₂＋て」（て形）＋「みる」

用法：表示嘗試做某種動作（試試～）

例句

①お酒を　飲んで みます。

（試著喝喝酒。）

（飲む）〈五段〉→ 飲み＋て → 飲んで（ん音便）

②和服を　着て みます。

（試穿和服。）

（着る）〈上一段〉→ 着＋て

日檢N4、N5合格・文法完全學會

③よく　確めて　みて下さい。

（請好好地確認看看。）

（確める）〈下一段〉→ 確め＋て

④優劣を　比べて　みます。

（比比看優劣。）

（比べる）〈下一段〉→ 比べ＋て

⑤野球を　してみます。

（試試打棒球。）

（する）→ し＋て

⒂「動₂＋て」（て形）＋「みせる」

用法：表示做某動作讓人看（做～給大家看）

記憶竅門

可由「見せる / 給人看」聯想其意為「做～給大家看」。

例句

①踊りを　踊って　見せます。

（跳舞給別人看。）

（踊る）〈五段〉→ 踊り＋て → 踊って（促音便）

②私は　人に　この　木に　登って　見せました。

（我爬這棵樹給別人看。）

（登る）〈五段〉→ 登り＋て → 登って（促音便）

③屋根から　飛び下りて　見せました。

（從屋頂上跳下來給別人看了。）

（飛び下りる）〈上一段〉→ 飛び下り＋て

④先生は　学生に　花を　生けて　見せます。

（老師要插花給學生看。）

（生ける）〈下一段〉→生け＋て

⑤必ず　成功して　見せます。

（一定成功給你看。）

（成功する）→成功し＋て

 注意

「みせる」為「下一段動詞」，後接「ない」「ます」等時，一律去掉詞尾的「る」。

⒃「動₂＋て」（て形）＋「ほしい」
用法：表示希望某動作能實現（希望～）

 記憶竅門

由「欲しい／想要的；希望的」聯想此句型之意這「希望～」。

例句

①会議を　終わらせて　欲しい。

（希望讓會議結束。）

（終わる）〈五段〉→終わら＋せる（使役）→終わらせ＋て

②主人に　家に　居て　欲しい。

（希望先生在家裏。）

（居る）〈上一段〉→居＋て

③あなたに　タバコを　止めて　欲しい。

（希望你戒菸。）

（止める）〈下一段〉→止め＋て

日檢N4、N5合格・文法完全學會

④ 早く 春休みが 来て 欲しい。

（希望春假快點來。）

（来る）→ 来＋て

⑤ 注意して 欲しいです。

（希望你要注意。）

（注意する）→ 注意し＋て

注意

①此句型多使用在「上對下」或朋友、平輩之間。

②「～て ほしいしです」爲「肯定」用法，「～ないで ほしい（です）」爲「否定」用法。例如：

⊙この ことは ほかの 人に 言わないで ほしい。

（希望這件事不要跟別人說。）

（言う）〈五段〉→ 言わ＋ないで

4. 動₂＋たり
（た形）

用法 1：表示分散性動作的列舉（或是……或是～）

例句

① 私は 雑誌を 読んだり、音楽を 聞いたり
します。

（我看看雜誌，或是聽聽音樂。）

（読む）（聞く）

② 父は 昨日 酒を 飲んだり、タバコを 吸ったり
しました。

（父親昨天或是喝酒，或是抽菸。）

（飲む）（吸う）

③ 母は　いつも　掃除を　_し_たり、洗濯を　_し_たり

して　います。

（母親經常是打掃，或是洗衣服）

（する）→ し＋た

④ 夜、映画を　_見_たり、町を　_見物_したり　します。

（晚上看看電影，或是逛街。）

（見る）（見物する）

用法2：表示反覆進行兩項相對性的動作（又是～，又是……）

例句

① 赤ちゃんは　_笑っ_たり、_泣い_たり　して　います。

（嬰兒一下笑一下哭。）

（笑う）（泣く）

② 虎は　穴を　_出_たり、_入っ_たり　します。

（老虎進進出出洞穴。）

（出る）（入る）

③ 子供は　電気を　_つけ_たり、_消し_たり　しました。

（小孩子一下子開燈，一下子關燈。）

（つける）（消す）

用法3：表示舉例（……之類）

例句

① 郵便局　で、_騒い_だり　しないで　下さい。

（請不要在郵局吵吵鬧鬧。）

（騒_{さわ}ぐ）〈五段〉→ 騒ぎ＋た → 騒いだ（い音便）

② 人_{ひと}を 騙_{だま}したり する ことは いけません。

（不可做騙人之類的事。）

（騙_{だま}す）〈五段〉→ 騙し＋た

③ 書類_{しょるい}を 無_なくしたり しては 大変_{たいへん}です。

（把文件弄丟了之類的事是很糟糕的。）

（無_なくす）〈五段〉→ 無くし＋た

 注意

此項用法常見模式爲「…たり…たり（～たり）する」。

5. 動₂＋ても
（て形）

(1) 動₂＋ても
（て形）

用法：表示「ても」的前後句出現違反常理的現象（即使）

例句

① 病気_{びょうき}に なっても、会社_{かいしゃ}へ 行_いきます。

（即使生病，也要去公司。）

（なる）〈五段〉→ なり＋て → なって（促音便）

② 英語_{えいご}が できても、話_{はな}しません。

（雖然會英文，但是卻不說。）

（できる）〈上一段〉→ でき＋て

③ 覚_{おぼ}えても、すぐ 忘_{わす}れます。

（即使記住，也馬上又忘記。）

（覚える）〈下一段〉→ 覚え＋て

④戦争が　来ても、恐れません。

（即使戰爭來了也不怕。）

（来る）→ 来＋て

⑤結婚しても、仕事を　続けます。

（即使結婚，也要繼續工作。）

（結婚する）→ 結婚し＋て

(2)「動₂＋ても」＋「いい（です）」
　　（て形）

用法：表示可以做某動作（即使〜也可以）

 記憶竅門

「ても（助詞）」：意思為「即使」。「いい／可以」。以此聯想此句型之意為「即使〜，也無所謂。」

例句

①教室で　お酒を　飲んでも　いいですか。

（在教室喝酒可以嗎？）

（飲む）〈五段〉→ 飲み＋て → 飲んで（ん音便）

②映画を　見ても　いいです。

（可以看電影。）

（見る）〈上一段〉→ 見＋て

③刺身を　食べても　いいです。

（可以吃生魚片。）

（食べる）〈下一段〉→ 食べ＋て

④遊びに 来ても いいです。

（可以來玩。）

（来る）→ 来＋て

⑤公園を 散歩しても いいです。

（可以去公園散步。）

（散歩する）→ 散歩し＋て

6.「動₂＋ては」
　（て形）

用法：表示「ては」的前句動作條件，會導致後句不好的結果（～的話）

例句

①強い 酒を 飲んでは、健康に 悪い。

（喝烈酒的話，有損健康。）

（飲む）〈五段〉→ 飲み＋て → 飲んで（ん音便）

②お金を 多く 借りては、困ります。

（錢借多的話，會很麻煩。）

（借りる）〈上一段〉→ 借り＋て

③古い パンを 食べては、下痢しますよ。

（吃放久的麵包的話，會拉肚子哦！）

（食べる）〈下一段〉→ 食べ＋て

④ここへ 来ては、危ないですよ。

（過來這裏的話，危險哦！）

（来る）→ 来＋て

⑤ 夜中<small>（よなか）</small>まで　残業<small>（ざんぎょう）</small> しては、体<small>（からだ）</small>を　壊<small>（こわ）</small>しますよ。

（加班到半夜的話，會弄壞身體哦！）

（残業<small>（ざんぎょう）</small> する）→ 残業し＋て

 注意

①此項用法在口語中，「ては」及「では」會分別轉音成「ちゃ」及「じゃ」。例如：

⊙行<small>（い）</small>っ<u>ては</u>　だめです。

　→ 行っ<u>ちゃ</u>　だめです。

　（去的話是不行的。）（行<small>（い）</small>く）

⊙海<small>（うみ）</small>で　泳<small>（およ）</small>い<u>では</u>　危険<small>（きけん）</small>だよ。

　→ 海で　泳い<u>じゃ</u>　危険だよ。

　（在海邊游泳的話，危險哦！）（泳<small>（およ）</small>ぐ）

②由此項用法發展出來的句型，常見的有「動₂＋ては＋いけません（て形）（不可做某動作）」，例如：

図書館<small>（としょかん）</small>で　遊<small>（あそ）</small>んでは　いけません。

（不可以在圖書館玩。）（遊<small>（あそ）</small>ぶ）

 記憶竅門

「〜ては」：表示「〜的話」。由漢字「行<small>（い）</small>ける」（行得通）（下一段）

　→「行<small>（い）</small>け＋ません」→「行けません（行不通）」→聯想此句型意為「〜的話，是行不通的」。

㈣ 動₂＋其他

1. 「動₂（ます形）」＋「動詞」→「複合動詞」

實例

① 習い始める（開始學習）→ 習う〈五段〉→ 習い＋始める

② 食べ過ぎる（吃太多）→ 食べる〈下一段〉→ 食べ＋過ぎる

③ 笑い出す（笑出來）→ 笑う〈五段〉→ 笑い＋出す

④ 愛し合う（相愛）→ 愛する → 愛し＋合う

⑤ 建て直す（重新建立）→ 建てる〈下一段〉→ 建て＋直す

⑥ 読み終わる（讀完）→ 読む〈五段〉→ 読み＋終わる

⑦ 思い出す（想起）→ 思む〈五段〉→ 思い＋出す

⑧ 投げ込む（投進）→ 投げる〈下一段〉→ 投げ＋込む

⑨ 乗り換える（轉乘）→ 乗る〈五段〉→ 乗り＋換える

⑩ 勉強し続ける（繼續用功）→ 勉強する → 勉強し＋続ける

2. 「動₂（ます形）」＋「形容詞」→「複合形容詞」

實例

① 飲み難い（不好喝的）→ 飲む〈五段〉→ 飲み＋難い

② 寝苦しい（難以入睡的）→ 寝る〈下一段〉→ 寝＋苦しい

③ 住み易い（適合居住的）→ 住む〈五段〉→ 住み＋易い

④ 蒸し暑い（悶熱的）→ 蒸す〈五段〉→ 蒸し＋暑い

3. 「動₂（ます形）」＋「名詞」→「複合名詞」

實例

① 入り口（入口）→ 入る〈五段〉→ 入り＋口

② 忘れ物（失物）→ 忘れる〈下一段〉→ 忘れ＋物

③ 話し方（說話方式）→ 話す〈五段〉→ 話し＋方

④ 掛け蒲団（被子）→ 掛ける〈下一段〉→ 掛け＋蒲団

⑤ 下り列車（下行列車）→ 下る〈五段〉→ 下り＋列車

⑥ 焼き肉（烤肉）→ 焼く〈五段〉→ 焼き＋肉

⑦ 売り場（出售處）→ 売る〈五段〉→ 売り＋場

⑧ 助け船（救生船）→ 助ける〈下一段〉→ 助け＋船

⑨ 上り坂（上坡）→ 上る〈五段〉→ 上り＋坂

⑩ 折り紙（折紙）→ 折る〈五段〉→ 折り＋紙

第三節　動詞第3變化的用法

動詞第3變化（字典形）（以下簡稱為「動₃」）的用法整理如下：

本身用法	接　　續		
	助動詞	助詞	其他
終止形 （字典形）	1. だろう / でしょう （推測助動詞） 2. らしい / らしいです （推定助動詞） 3. そうだ / そうです （傳聞助動詞） 4. なら（條件助動詞）	1. と 2. が（けれども） 3. から 4. し 5. か 6. と（格助詞） 7. な	×

現在分別敘述「動₃」（字典形）的用法如下：

(一) 本身用法：

1.「終止形」（辞書形→字典形）

用法：表示常體肯定句（未來式、現在式、無時式）

例句

① 学校が　始まる。

（學校要開始上課。）

② 子供は　絵本を　見る。

（小孩子看畫冊。）

③ 花が　枯れる。

（花枯萎。）

④ 私は　神戸に　来る。

（我要來神戶。）

⑤ 太平洋を　横断する。

（橫越太平洋。）

注意

①「動詞第 3 變化」又稱為「原形」「辞書形→字典形」，字典中都以此形態出現。

②此項用法要表示「敬體」（禮貌形）時，則用「動₂（ます形）＋ます」句型。

③能用「動₃」（字典形）或「動₂（ます形）＋ます」（包含否定句）來表示「現在式」（說話當時的動作）的動詞，只有少數表示「存在（ある、いる）」、「有無（ある）」、「可能動詞（できる、行ける、食べられる……）」等動詞而已，其他的動詞多以「未來式、無時式」形態出現。以「ご飯を　食べる」為例，時式表達方式如下圖：

過去式 （說話以前）	現在式 （說話當時）	未來式 （說話以後）
ご飯を　食べました。	ご飯を　食べています。	ご飯を　食べます。

（吃過飯了。） （肯定） ご飯を　食べませんで した。 （沒吃飯。） （否定）	（正在吃飯。） （肯定） ご飯を　食べていませ ん。 （沒在吃飯。） （否定）	（要吃飯。） （肯定） ご飯を　食べません。 （不要吃飯。） （否定）

㈡「動₃」＋「助動詞」

1.「動₃」（字典形）或「常體」（普通形）＋ だろう（常體）
でしょう（敬體）

（推測助動詞）

用法：表示說話者對某事的主觀（個人的猜想或判斷）推測（～吧）

例句

① <ruby>今晩<rt>こんばん</rt></ruby>、<ruby>雨<rt>あめ</rt></ruby>が　<ruby>止<rt>や</rt></ruby>むでしょう。

（我想今晚雨大概會停吧！）

（<ruby>止<rt>や</rt></ruby>む）（字典形）〈五段〉

② お<ruby>祖父<rt>じ い</rt></ruby>さんは　<ruby>映画<rt>えい が</rt></ruby>を　<ruby>見<rt>み</rt></ruby>ないだろう。

（爺爺大概不看電影吧！）

（<ruby>見<rt>み</rt></ruby>る）〈上一段〉→ 見＋ない

③ あの　<ruby>人<rt>ひと</rt></ruby>は　ケーキを　<ruby>食<rt>た</rt></ruby>べたでしょう。

（那個人有吃蛋糕吧！）

（<ruby>食<rt>た</rt></ruby>べる）〈下一段〉→ 食べ＋た

④ <ruby>彼<rt>かれ</rt></ruby>は　<ruby>昨日<rt></rt></ruby>、<ruby>来<rt>こ</rt></ruby>なかっただろう。

（他昨天大概沒來吧！）

（<ruby>来<rt>く</rt></ruby>る）→ 来＋なかった

注意

①關於「常體」，請參考第三章語體、時式。

②「だろう」為常體，「でしょう」為敬體。皆表示說話者的主觀推測或判斷，不用於表示說話者的有計畫行為，「～だろうと　思う」「～はずです」「～ようです」「～らしい（です）」也是同樣的情形，如：

（×）私は　来年　結婚するでしょう。

（×）～　　　　　結婚するだろうと　思う。

（×）～　　　　　結婚するはずです。

（×）～　　　　　結婚するようです。

（×）～　　　　　結婚するらしい（です）。

2. 「動₃」（字典形）或「常體」（普通形）＋ らしい（常體）
　　らしいです（敬體）

（推定助動詞）

用法：表示說話者對某事的客觀（根據某些事實）推測（好像～）

例句

① あの　子は　帰るらしい。

　　（那孩子好像要回去。）

　　（帰る）（字典表）〈五段〉

② 高橋さんは　家に　居ないらしいです。

　　（高橋先生好像不在家。）

　　（居る）〈上一段〉→ 居＋ない

③ 黄さんは　疲れたらしいです。

　　（黄先生好像累了。）

　　（疲れる）〈下一段〉→ 疲れ＋た

④ 昨日は　晴_はれなかったらしいです。

（昨天好像沒有放晴。）

（晴_はれる）〈下一段〉→ 晴れ＋なかった

⑤ 船_{ふね}が　遭難_{そうなん}していないらしい。

（船好像並沒有遇難。）

（遭難_{そうなん}する）→ 遭難し＋て

 注意

①推定助動詞「らしい」的詞尾變化列表如下：

1	2	3	4	5	6
×	らしかっ らしく	らしい	らしい	×	×

②「らしい」第2變化可以當「副詞」來修飾動詞，例如：

⊙ あの　人_{ひと}は　お金_{かね}が　ある<u>らしく</u>　見_みえます。

（那個人看起來好像很有錢。）

或當「中止形」，例如：

⊙ 英語_{えいご}も　分_わかる<u>らしく</u>、日本語_{にほんご}も　分_わかるらしい。

（好像英文也懂，日語也懂的樣子。）

3.「動₃」（字典形）或「常體」（普通形）＋ そうだ（常體）
そうです（敬體）

（傳聞助動詞）

用法：表示「聽說、傳說～」

例句

① 彼_{かれ}は　日本_{にほん}へ　留学_{りゅうがく}に　<u>行_いく</u>そうです。

（聽說他要去日本留學。）

（行_いく）

② 王さんは　お酒を　飲まないそうだ。

（聽說王先生不喝酒）。

（飲む）

③ 荷物は　届けたそうです。

（聽說行李送到了。）

（届ける）

④ あの　人は　昨日　学校へ　来なかったそうだ。

（據說那個人昨天沒有到學校來。）

（来る）

⑤ 警察は　犯人を　捜索しているそうです。

（據說警察正在搜查犯人。）

（捜索する）

4. 「動₃」（字典形）或「常體」（普通形）＋「なら」（條件助動詞）

用法：表示具備某種條件的假設（～的話）

例句

① 歌うなら、一緒に　歌いましょう。

（要唱歌的話，就一起唱吧！）

（歌う）（字典形）〈五段〉

② あなたが　来ないなら、電話で　知らせて　下さい。

（你如果不來的話，請打電話通知。）

（来る）→ 来＋ない

③ あの 人が 出掛けたなら、あの 人の 家へ
行かないで 下さい。

（如果那個人出門去了，就請不要去他家。）

（出掛ける）〈下一段〉→ 出掛け＋た

④ 食べ物を 提供しなかったなら、難民は 飢え死に
するのでしょう。

（如果沒有提供食物的話，難民會餓死吧！）

（提供する）→ 提供し＋なかった

⑤ テレビを 見ていないなら、寝ていると 思います。

（如果沒有在看電視的話，我想是在睡覺。）

（見る）〈上一段〉→ 見＋て

（三）「動₃」（字典形）＋「助詞」

1.「動₃」（字典形）＋「と」

用法 1：表示肯定句的假設（如果～的話）

例句

① ここを 押すと、切符が 出ます。

（壓這裏的話，票就會跑出來。）

② お金を 無くすと、困ります。

（掉了錢的話，就會傷腦筋。）

③ これを 回すと、音が 小さく なります。

（轉這個的話，聲音就會變小。）

④ 今、地震が 起きると、町は 全滅に なります。

（現在如果發生地震的話，城鎮將全部毀滅。）

⑤ あそこを　曲がると、銀行が　有ります。

（從那裏轉彎，就有銀行。）

用法 2：表示前句的條件會導致後句必然的結果

例句

① 春に　なると、桜の　花が　咲きます。

（到了春天，櫻花就盛開。）

② 梅雨に　入ると、黴が　生えます。

（進入梅雨季就會發霉。）

③ 3に　2を　掛けると、6に　なります。

（3×2＝6）

④ 年を　取ると、記憶が　鈍る。

（上了年紀，記憶就會遲鈍。）

⑤ 本を　読むと、眠く　なる。

（一開始讀書，就想睡覺。）

用法 3：表示一個動作完成後，緊接著發生下一個動作或發現另一個動作

（一～，就……）

例句

① 食事が　終わると、すぐ　お風呂に　入りました。

（吃過飯後，馬上去洗澡了。）

② 手紙を　出すと、すぐ　返事が　来ました。

（一寄出信，馬上就回消息來了。）

③ バスが　止まると、乗客が　降り始めました。

（巴士一停，乘客就開始下車了。）

動詞篇

107

④ 窓を　開けると、外は　一面の　銀世界でした。

（一打開窗戶，外面就是一片銀色世界。）

⑤ トンネルを　抜けると、海だった。

（穿過隧道就是海。）

注意

①此項用法中的後句不可出現具有請求（……て下さい）、命令（……なさい）、勸誘（……ましょう）、允許（……てもいい）、禁止（……てはいけません）、意志（……う・よう）、勸告（……ほうがいい）、想法（……と思う）等主觀語氣的句子。例如：

（×）野菜の　値段が　下がると、買いましょう。

（×）天気が　崩れると、旅行を　中止して下さい。

此時可改用「動₂＋たら（た形＋ら）」句型。例如：

⊙野菜の 値段が 下がったら、買いましょう。

（如果蔬菜的價格下降的話就買吧！）

②此項用法中，「と」的前半句不可有「過去式」出現。例如：

（×）橋を　渡ったと、川が　ある。

③要表示用法1的否定句假設時，可用「動₁＋ないと」句型。例如：

⊙リモコンが　ないと、不便です。

（沒有遙控器的話，不方便。）

2.「動₃」（字典形）或「常體」（普通形）・「敬體」（禮貌形）＋「が」（けれども）

用法1：「が」用來連接前後句，表示前後句出現違反常理的現象（雖然～）

例句

① 明日、テストが　有るが、ちっとも　勉強しない。

（明天雖然有測驗，卻一點都不用功。）

（有る）（字典形）〈五段〉

② 誰も 居ませんが、電気が ついて います。

（沒有人在，可是卻開著燈。）

（居る）〈上一段〉→ 居＋ません

③ 薬を 飲みましたが、熱が 下がりません。

（雖然吃了藥，發燒還是不退。）

（飲む）〈五段〉→ 飲み＋ました

④ 日本へ 行きませんでしたが、日本の 事情を

よく 知って います。

（雖然沒有去日本，但是對日本的情形很了解。）

（行く）〈五段〉→ 行き＋ません

用法 2：「が」用來連接前後句，表示展開話題或緩和語氣

例句

① いい 匂いが しますが、何の 料理でしょうか。

（好香的味道，是什麼料理呢？）

（する）→ し＋ます

② すみませんが、駅は どこですか。

（對不起，請問車站在哪裏？）

（済む）〈五段〉→ 済み＋ません

③ この 映画を 見ましたが、面白かったです。

（這部電影有看過，滿有趣的。）

（見る）〈上一段〉→ 見＋ました

動詞篇

④ よく　分かりませんでしたが、先週　どうやら
雨が　降ったようです。

（不太清楚，上個禮拜好像下雨了。）

（分かる）〈五段〉→ 分かり＋ません

用法3：「が」用來連接前後句，表示條件並列（既～，且……）

例句

① 広場に　大人も　居るが、子供も　います。

（廣場上有大人，也有小孩。）

（居る）（字典形）〈上一段〉

② 酒も　飲まないが、タバコも　吸いません。

（不喝酒，也不抽菸。）

（飲む）〈五段〉→ 飲ま＋ない

③ 私は　昨日　歌も　歌ったが、ダンスも　しました。

（我昨天唱了歌，也跳了舞。）

（歌う）〈五段〉→ 歌い＋た → 歌った（促音便）

④ 今朝、雨も　降りませんでしたが、風も
吹きませんでした。

（今天早上沒有下雨，也沒有颱風。）

（降る）〈五段〉→ 降り＋ません

用法4：「が」用來連接前後句，表示相對的敘述

例句

① 家は　南に　ありますが、駅は　北に　あります。

（家在南邊，而車站在北邊。）

（ある）〈五段〉→ あり＋ます

② 田中さんは　英語は　できませんが、高橋さんは
できます。

（田中先生不會英文，而高橋先生會。）

（できる）〈上一段〉→ でき＋ません

③ 昨日、陳さんは　学校に　来ましたが、王さんは
来ませんでした。

（昨天陳先生有來學校，而王先生沒有來。）

（来る）→ 来＋ました

④ 先週、兄は　旅行しませんでしたが、姉は
しました。

（上個禮拜哥哥沒有去旅行，而姊姊去了。）

（旅行する）→ 旅行し＋ません

 注意

①與以上用法 3 相同表示條件並列的，尚有其他句型，請參考「し」
的用法。
②「が」與「けれども」的用法略同，但後者較口語。

3.「動₃」（字典形）或「常體」（普通形）・「敬體」（禮貌形）
＋「から」

用法：表示原因（因爲～）

例句

① 友達が　来るから、部屋を　奇麗に　掃除する。

（因爲朋友要來，把房間打掃乾淨。）

（来る）（字典形）

② 時間が　有りませんから、急いで　下さい。

（因爲沒有時間，請快點。）

（有る）〈五段〉→ 有り＋ません

③ 沢山　お酒を　飲んだから、酔いました。

（因爲喝了很多酒，所以醉了。）

（飲む）〈五段〉→ 飲み＋た → 飲んだ（ん音便）

④ 熱が　なかったから、会社へ　行っても　いい。

（因爲沒發燒了，去公司也沒關係。）

（有る）〈五段〉→ なかった

⑤ 道が　込んで　いますから、車が　なかなか
動きません。

（因爲道路擁擠，車子怎麼也不動。）

（込む）〈五段〉→ 込み＋て → 込んで（ん音便）

⑥ 星が　出ていないから、明日も　悪い　天気でしょう。

（因爲星星沒有出來，明天大概也是壞天氣吧！）

（出る）〈下一段〉→ 出＋て

注意

①「から」、「が」、「けれども」、「し」的前後句「語體（常體・敬體）」
排列都相同，以「から」爲例，即：

⊙常體句＋から＋　常體句（爲常體句型，如例句①④。）
　　　　　　　　　敬體句（爲敬體句型，如例句③⑥。）

或

⊙敬體句＋から＋敬體句（爲敬體句型，如例句②⑤。）

②此項用法也有先說「結果」，後講「原因」的句型，例如：

欠席<ruby>欠<rt>けっせき</rt></ruby>したのは　<ruby>風邪<rt>かぜ</rt></ruby>を　<ruby>引<rt>ひ</rt></ruby>いたから。

（缺席是因為感冒了。）

4.「動₃」（字典形）或「常體」（普通形）‧「敬體」（禮貌形）
　＋「し」

用法 1：表示條件的並列（既～，且……）

例句

① <ruby>父<rt>ちち</rt></ruby>は　タバコも　<ruby>吸<rt>す</rt></ruby>いますし、<ruby>酒<rt>さけ</rt></ruby>も　<ruby>飲<rt>の</rt></ruby>みます。

（父親既抽菸，又喝酒。）

（<ruby>吸<rt>す</rt></ruby>う）〈五段〉→ 吸い＋ます

② <ruby>今日<rt>きょう</rt></ruby>は　<ruby>風<rt>かぜ</rt></ruby>も　<ruby>吹<rt>ふ</rt></ruby>かないし、<ruby>雨<rt>あめ</rt></ruby>も　<ruby>降<rt>ふ</rt></ruby>りません。

（今天不颳風，也不下雨。）

（<ruby>吹<rt>ふ</rt></ruby>く）〈五段〉→ 吹か＋ない

③ <ruby>昨日<rt></rt></ruby>、<ruby>妹<rt>いもうと</rt></ruby>は　<ruby>映画<rt>えいが</rt></ruby>も　<ruby>見<rt>み</rt></ruby>たし、<ruby>買物<rt>かいもの</rt></ruby>も　した。

（昨天妹妹看了電影，也買了東西。）

（<ruby>見<rt>み</rt></ruby>る）〈上一段〉→ 見＋た

④ <ruby>今朝<rt>けさ</rt></ruby>、<ruby>兄<rt>あに</rt></ruby>は　ご<ruby>飯<rt>はん</rt></ruby>も　<ruby>食<rt>た</rt></ruby>べなかったですし、<ruby>水<rt>みず</rt></ruby>も

<ruby>飲<rt>の</rt></ruby>みませんでした。

（今天早上哥哥沒吃飯，也沒喝水。）

（<ruby>食<rt>た</rt></ruby>べる）〈下一段〉→ 食べ＋なかった

用法 2：表示原因（因為～）

例句

① 時間も ないし、 食欲も ないし、朝ご飯を
食べませんでした。

（沒有時間，也沒有食慾，所以早飯沒有吃。）

（有る）〈五段〉→ ない

② 喉も 渇いたし、疲れたし、喫茶店に 入りました。

（因為口渴又累，所以進了茶館。）

（渇く）〈五段〉→ 渇き＋た → 渇いた（い音便）

（疲れる）〈下一段〉→ 疲れ＋た

 注意

用法 1 中表示條件並列的句型整理如下：

① a も……し、b も……

私は 野菜も 買うし、肉も 買います。

（我既買菜，也買肉。）

② a も……が、b も……

私は 野菜も 買うが、肉も 買います。

③ a も……けれども、b も……

私は 野菜も 買うけれども、肉も 買います。

④ a も……ば、b も……

私は 野菜も 買えば、肉も 買います。

⑤ a も……て、b も……

私は 野菜も 買って、肉も 買います。

5.「動₃」（字典形）或「常體」（普通形）＋「か＋も＋しれない」

用法：表示猜想（也許～）

例句

① 彼は　お酒を　飲むかも　しれません。

（他也許要喝酒。）

（飲む）（字典形）〈五段〉

② 林さんは　遅れないかも　しれない。

（林先生也許不會遲到。）

（遅れる）〈下一段〉→ 遅れ＋ない

③ 胡椒を　料理に　混ぜたかも　しれません。

（也許把胡椒混在料理裏面了。）

（混ぜる）〈下一段〉→ 混ぜ＋た

④ あの　子供は　蒸発しなかったかも　しれない。

（那個孩子也許沒有失蹤。）

（蒸発する）→ 蒸発し＋なかった

⑤ 友達は　もう　来ているかも　しれません。

（也許朋友已經來了。）

（来る）→ 来＋て

 注意

「かも　しれない」是「常體」，「かも　しれません」是「敬體」。

6.「動₃」（字典形）或「常體」（普通形）＋「と＋思う」

用法：表示 1、2 人稱的想法、看法（想～；覺得～）

例句

①（私は）中国人は　よく　働くと　思います。

（我覺得中國人工作賣力。）

（働<ruby>はたら<rt></rt></ruby>く）（字典形）〈五段〉

② （私は）開会<ruby>かいかい<rt></rt></ruby>は　延<ruby>の<rt></rt></ruby>びないと　思<ruby>おも<rt></rt></ruby>う。

（我想開會不會延長。）

（延<ruby>の<rt></rt></ruby>びる）〈上一段〉→ 延び＋ない

③ （あなたは）王<ruby>おう<rt></rt></ruby>さんは　疲<ruby>つか<rt></rt></ruby>れたと　思<ruby>おも<rt></rt></ruby>いますか。

（你覺不覺得王先生累了？）

（疲<ruby>つか<rt></rt></ruby>れる）〈下一段〉→ 疲れ＋た

④ （私は）先週<ruby>せんしゅう<rt></rt></ruby>　送金<ruby>そうきん<rt></rt></ruby>しなかったと　思<ruby>おも<rt></rt></ruby>います。

（我想上個禮拜沒有匯款。）

（送金<ruby>そうきん<rt></rt></ruby>する）→ 送金し＋なかった

⑤ （私は）あの　人<ruby>ひと<rt></rt></ruby>は　もう　田舎<ruby>いなか<rt></rt></ruby>に　住<ruby>す<rt></rt></ruby>んでいないと　思<ruby>おも<rt></rt></ruby>う。

（我想那個人已經沒有住在鄉下了。）

（住<ruby>す<rt></rt></ruby>む）〈五段〉→ 住み＋て → 住んで（ん音便）

7. 「動₃」（字典形）＋「な」

用法：表示不客氣的禁止語氣（別～）（畫線處爲動詞字典形）

例句

① 触<ruby>さ<rt></rt></ruby>わるな。

（別碰！）

② 閉<ruby>と<rt></rt></ruby>じるな。

（別關！）

③ 慌<ruby>あわ<rt></rt></ruby>てるな。

（別慌！）

④ 曲<ruby>ま</ruby>げるな。

（別弄彎！）

⑤ 徹<ruby>てつや</ruby>夜するな。

（別熬夜！）

 注意

此項用法用於上輩對下輩或緊急情況時的禁止命令。

第四節　動詞第 4 變化的用法

動詞第 4 變化（字典形）（以下簡稱為「動₄」）的用法整理如下：

本身用法	接　　　續			
	助動詞		助詞	其他
連體形 （字典形）	ようだ 　　　　　　　（比況助動詞） ようです		の ので のに	×

現在分別敘述「動₄」的用法如下：

㈠ 本身用法：

1. 「連體形」（連接名詞的形態）（字典形）

　(1)「動₄」（字典形）或「常體」（普通形）＋「名詞」

　　用法：表示修飾「名詞」

　　例句

　　① 私の 趣味<ruby>しゅみ</ruby>は 映画<ruby>えいが</ruby>を 見<ruby>み</ruby>る ことです。

　　　　　　　　　　　　　　　　　　修飾

　　（我的興趣是看電影。）

　　（見<ruby>み</ruby>る）（字典形）〈上一段〉

②先生の　声が　あまり　聞こえない　人は　手を
挙げて　下さい。

（不太聽得見老師聲音的人請舉手。）

（聞こえる）〈下一段〉→ 聞こえ＋ない

③あれは　弟が　撮った　写真です。

（那是我弟弟拍的照片。）

（撮る）〈五段〉→ 撮り＋た → 撮った（促音便）

④全焼　しなかった　のは　この　魚屋だけです。

（沒有燒毀的，只有這間魚鋪。）

（全焼する）→ 全焼し＋なかった

⑤寮に　住んでいる　学生は　多い。

（住在宿舍裏的學生很多。）

（住む）〈五段〉→ 住み＋て → 住んで（ん音便）

⑥眼鏡を　掛けていない　時でも　見えますか。

（沒有戴眼鏡時看得見嗎？）

（掛ける）〈下一段〉→ 掛け＋て

⑦これは　兄が　昨日　一日中　書いていた　ラブレ
ターです。

（這是我哥哥昨天寫了一整天的情書。）

（書く）〈五段〉→ 書き＋て → 書いて（い音便）

(2)「動4」（字典形）＋「こと＋が＋できる」

用法：表示具有某種能力（能；會；可以）

記憶竅門

「出来る」表示「能；會；可以」之意。再由漢字「事／事情」聯想其意爲（會～事情）。

例句

①私は　泳ぐ ことが　できます。

（我會游泳。）

（泳ぐ）（字典形）〈五段〉

②彼女は　日本の　着物を　着る ことが

できます。

（她會穿日本和服。）

（着る）（字典形）〈上一段〉

③英語で　答える ことが　できます。

（會用英文回答。）

（答える）（字典形）〈下一段〉

④子供は　一人で　ここに　来る ことが

できません。

（小孩子沒有辦法自己獨自一人到這裏來。）

（来る）（字典形）

⑤お祖母さんは　登頂する ことが　できません。

（祖母沒有辦法爬到山頂。）

（登頂する）（字典形）

(3)「動₄」（字典形）＋「前に」

用法：表示做某動作之前（～前）

例句

①国へ　帰る　前に、お土産を　買いました。

（回國之前買了土産。）

（帰る）（字典形）〈五段〉

②映画を　見る　前に、切符を　買います。

（看電影前先買票）

（見る）（字典形）〈上一段〉

③家を　出る　前に、窓を　閉めます。

（離開家前先關窗戶。）

（出る）（字典形）〈下一段〉

④研究室に　来る　前に、資料を　集めました。

（來研究室以前，先收集了資料。）

（来る）（字典形）

⑤入国する　前に、荷物を　検査します。

（入境以前先檢查行李。）

（入国する）（字典形）

 注意

即使是過去的事情，此用法也不可用「過去式」。如例句①：

（×）国へ　帰った　前に

(4)「動₄」（字典形）＋「つもり＋です」

用法：表示打算做某事（打算～）

例句

①私は　冬休みに、田舎へ　帰る　つもりです。

（我打算寒假時回鄉下去。）

（帰る）（字典形）〈五段〉

② 彼は　弁護士に　なる つもりです。

（他打算當律師。）

（なる）（字典形）〈五段〉

③ 韓国に　どのぐらい　居る つもりですか。

（你打算在韓國待多久？）

（居る）（字典形）〈上一段〉

④ あの　人は　大学入試を　受ける つもりです。

（那個人打算參加大學入學考試。）

（受ける）（字典形）〈下一段〉

⑤ 大阪に　一年間　滞在する つもりです。

（打算在大阪停留一年。）

（滞在する）（字典形）

 注意

1. 此句型不使用於自我意志無法決定的事情上，例如：

（×）私は　大学に　合格する　つもりです。

2. 否定用法時，可用「動₄（字典形）＋つもりは　ないです」或
「動₄（字典形）＋つもりは　ありません」句型，例如：

① 日本に　来る つもりは　ないです。

（沒打算來日本。）

② 結婚する つもりは　ありません。

（沒打算結婚。）

(5)「動₄」（字典形）＋「方＋が＋いい」

用法：表示勸別人最好做某件事

例句

① お医者さんを　呼ぶ　方が　いい。

（最好是叫醫生。）

（呼ぶ）（字典形）〈五段〉

② 早く　起きる　方が　いい。

（最好是早點起床。）

（起きる）（字典形）〈上一段〉

③ お金を　銀行に　預ける　方が　いい。

（錢最好是存在銀行裏。）

（預ける）（字典形）〈下一段〉

④ 学校へ　来る　方が　いい。

（最好是到學校來。）

（来る）（字典形）

⑤ 余震が　あるから、避難する　方が　いいです。

（因為有餘震，最好是避難。）

（避難する）（字典形）

(6)「動₄」（字典形）＋「ために」

用法：表示為了某種目的（為了～）

 記憶竅門

由漢字「～為」聯想其意為：「為了～」。

例句

① 私は　車を　買う　ために、お金を　貯めます。

（我為了買車而存錢。）

122

（買う）（字典形）〈五段〉

②彼は　本を　借りる　ために、先生を
尋ねました。

（他爲了借書而拜訪了老師。）

（借りる）（字典形）〈上一段〉

③設計図を　決める　ために、会議を　します。

（爲了決定設計圖而開會。）

（決める）（字典形）〈下一段〉

④留学生は　中国へ　来る　ために、中国語を
勉強　しました。

（留學生爲了到中國來而學了中國話。）

（来る）（字典形）

⑤警官は　強盗を　逮捕する　ために、銀行に
入りました。

（警官爲了逮捕強盗而進了銀行。）

（逮捕する）（字典形）

 注意

①此項用法「ために」前面所接的動詞，應爲主語的「意志性動詞」，
例如：

（○）父は　病気を　治す　ために、運動します。

（父親爲了把病治好而運動。）

（×）父は　病気が　治る　ために、運動します。

若是「非意志性動詞」時，則可改用「動₄＋ように」（爲了～）句
型，例如：

⊙病気が　治るように、運動します。

（爲了病好起來而運動。）

②「～ために」之前，不能使用「可能形」「ない形」，此時可用「～ように」（爲了～），如：

★「可能形」：

（○）英語が　話せる　ように、毎日　練習する。

（爲了能說英文而每天練習。）

（×）～　　　　　　　ために　～

★「ない形」：

（○）風邪を　引かない　ように　注意して　下さい。

（請注意不要感冒了。）

（×）～　　　　　　　ために　～

③「～ために」的「～」不會出現自己的意志可實現的事情。若是爲了變成某個狀態時，則使用「～ように」，如：

（○）聞こえる　ように　大きい　声で　話した。

（爲了使人聽得見，而大聲說話。）

（×）聞こえる　ために　～

（○）よく　冷える　ように　冷蔵庫に　入れて　おく。

（爲了能夠變涼，而放在冰箱內。）

（×）よく　冷える　ために　～。

(7)「動₄」（字典形）或「常體」（普通形）＋「はず（です）」

用法：表示按照常理來推斷（應該是～）

例句

①あの　人は　イギリスへ　行く　はずです。

（那個人應該會去英國。）

（行く）（字典形）

②鈴木さんは　来ない　はずです。

（鈴木先生應該不會來。）

（来る）→ 来＋ない

③確かに　あなたも　そう　言った　はずです。

（你的確應該也是那麼說的。）

（言う）〈五段〉→ 言い＋た → 言った（促音便）

④加藤さんは　及第しなかった　はずです。

（加藤先生應該沒有考上。）

（及第する）→ 及第し＋なかった

⑤李さんは　知っている　はずです。

（李先生應該知道。）

（知る）〈五段〉→ 知り＋て → 知って（促音便）

 注意

否定用法時，可用「…はずは　ないです」或「…はずは　ありません」句型來表達。例如：

①彼女が　できる　はずは　ないです。

（照理來說她不應該會。）

②彼は　合格する　はずは　ありません。

（照理來說，他應該是不會及格的。）

(8)「動₄」（字典形）＋「度に」

用法：表示每當做某動作時，就……（每次～）

例句

① 船に 乗る 度に、目眩が します。

（每次坐船，就會頭暈。）

（乗る）（字典形）〈五段〉

② 恋人の 写真を 見る 度に、思い出します。

（每次看到情人的相片，就會想起。）

（見る）（字典形）〈上一段〉

③ 刺身を 食べる 度に、下痢します。

（每次吃生魚片，就拉肚子。）

（食べる）（字典形）〈下一段〉

④ 田舎へ 来る 度に、親類を 尋ねます。

（每次到鄉下來，都會拜訪親戚。）

（来る）（字典形）

㈡ 「動₄」＋「助動詞」

「動₄」（字典形）或「常體」（普通形）＋ ようだ（常體）
ようです（敬體）

（比況助動詞）

用法：表示推測（好像～）

 記憶竅門

可由漢字「～樣だ」聯想其意為「好像～那樣」。

例句

① 雨が 降るようです。

（好像要下雨了。）

（降(ふ)る）〈五段〉（字典形）

② 吉田(よしだ)さんは　家(うち)に　居(い)ないようだ。

（吉田先生好像不在家。）

（居(い)る）〈上一段〉→ 居＋ない

③ 誰(だれ)か　来(き)たようです。

（好像有人來了。）

（来(く)る）→ 来＋た

④ 彼(かれ)は　昨日　寝(ね)なかったようだ。

（他昨天好像沒睡覺。）

（寝(ね)る）→ 寝＋なかった

⑤ 市場(いちば)が　混雑(こんざつ)しているようです。

（市場好像很混亂。）

（混雑(こんざつ)する）→ 混雑し＋て

注意

①「ようだ」與「らしい」的差別如下：

「ようだ」：傾向於說話者內心的判斷

「らしい」：傾向於說話者對外在現象做判斷

因此，如果說話者是對自身感官、知覺方面的推測時，就必需用「ようだ」，例如：

（○）私は　お腹(なか)が　空(す)いたようだ。

（我好像肚子餓了。）

（空(す)く）〈五段〉→ 空き＋た → 空いた（い音便）

（×）私は　お腹が　空いたらしいです。

②比況助動詞「ようだ ・ ようです」的詞尾變化與「形容動詞」（な形容詞）類似，列表如下：

1	2	3	4	5	6
ようだろ	だっ ようで に	ようだ	ような	ようなら	×
ようでしょ	ようでし	ようです	ようです	×	×

因此，修飾「名詞」時，使用「ような＋名詞」。「ように」為「副詞形」，修飾其後的句子。「ようだ・ようです」表示句子的結束。

③除了上述例句外，常用的尚有：

a. 寝すぎた ようで、頭が 痛い。

（好像睡太多覺，感覺頭痛。）

（寝すぎる）〈上一段〉→ 寝＋すぎる → 寝すぎ＋た

b. どこかで 会ったような 気が します。

（感覺好像在哪裏見過。）

（会う）〈五段〉→ 会い＋た → 会った（促音便）

c. 行ける ようなら、八時に 集合しましょう。

（如果可以的話，八點鐘集合吧！）

（行く）〈五段〉→ 行け＋る（能力性動詞）

此外尚有「比喻」（類似～）的用法，例如：

a. あの 人は 泣いた ような 顔を しています。

（那個人一付好像哭過的臉。）

（泣く）〈五段〉→ 泣き＋た → 泣いた（い音便）

b. 飛ぶ ように 走って います。

（好像在飛一般地跑著。）

（飛ぶ）〈五段〉（字典形）

(1)「動₄」（字典形）＋「ように」

用法1：表示為了達到某種目的（為了～）

 記憶竅門

由漢字「～樣に」聯想其意為「如～那樣」。

例句

①英語が　上手に　なるように、真面目に

勉強します。

（為了英文能很拿手，而認真地學習。）

（なる）〈五段〉（字典形）

②分かるように、簡単に　説明して　下さい。

（請簡單地說明，以便了解。）

（分かる）〈五段〉（字典形）

③私は　病気が　治るように、病院へ　行きます。

（我為了病好起來，而去醫院。）

（治る）〈五段〉（字典形）

④よく　見えるように、字を　大きく　書きます。

（為了能看得清楚，而把字寫大。）

（見える）〈下一段〉（字典形）

注意

否定用法時，可用「動₁＋ないように」句型。例如：

①道を　間違えないように、地図を　持ちました。

（為了不搞錯路而帶了地圖。）

（間違える）〈下一段〉→間違え＋ない

②忘れないように、メモを　取ります。

（記錄下來，以免忘記。）

（忘れる）〈下一段〉→忘れ＋ない

③母が　心配しないように、電話を　かけます。

（打電話給媽媽，免得她擔心。）

（心配する）→心配し＋ない

用法 2：表示希望、要求（努力做到～）

 記憶竅門

由「～様に　する」聯想其意爲「努力做到～那樣」。

例句

①時間を　守るように　して下さい。

（請遵守時間。）

（守る）〈五段〉（字典形）

②遅れる 時は　電話で　連絡するように

しましょう。

（遲到時，就用電話聯絡吧！）

（連絡する）（字典形）

③料理の　作り方を　覚えるように　して下さい。

（請記住料理的做法。）

（覚える）〈下一段〉（字典形）

 注意

此項用法以「～ように　する」形態出現。

否定用法時，可用「動₁＋ないように」句型表示，例如：

①機械に　触らないように　して下さい。

（請不要觸摸機器。）

（触る）〈五段〉→ 触ら＋ない

②窓から　頭を　出さないように　して下さい。

（請不要把頭伸出窗外。）

（出す）〈五段〉→ 出さ＋ない

③パスポートを　落とさないように　しましょう。

（注意護照不要掉了。）

（落とす）〈五段〉→ 落とさ＋ない

(2)「動₄」（字典形）或「常體」（普通形）＋「ように・よう
　　で・ような」

用法：表示舉一事例

例句

①私の　言ったように、彼は　もう　日本へ　行った。

（就像我所說的，他已經去日本了。）

（言う）〈五段〉→ 言い＋た → 言った（促音便）

②着物を　汚すようでは、困りますよ。

（把衣服弄髒了，可麻煩哦！）

（汚す）〈五段〉（字典形）

③人の　悪口を　言うような ことは　しない
方が　いい。

（最好不要說別人的壞話之類的。）

（言う）〈五段〉（字典形）

注意

此項用法共有 3 種：

① 「ように」：「副詞形」，主要是修飾下面的句子，如例句①。

② 「ようで」：「中止形」，如例句②。

③ 「ような」：下接名詞，主要「修飾名詞」，如例句③。

(3) 「動₄」（字典形）＋「ように＋なる」

用法：表示動作的變化（變得～）

記憶竅門

由漢字「～㊟に／那㊟地」「成る／變㊟」聯想其意爲「變㊟～那㊟」。

例句

① 私は　日本語が　話せるように　なりました。

（我變得會說日語了。）

（話せる）〈下一段〉→ 話す〈五段〉→ 話せ＋る（能力性動詞）

③ 漢字が　早く　読めるように　なりたい。

（希望早一點能讀漢字。）

（読める）〈下一段〉→ 読む〈五段〉→ 読め＋る（能力性動詞）

③ ワープロの　操作が　出来るように　なりました。

（變得會操作文字處理機了。）

（出来る）〈上一段〉（字典形）

④ 刺身が　食べられるように　なりました。

（變得敢吃生魚片了。）

（食べられる）〈下一段〉→ 食べ＋られる（能力性動詞）

 注意

①此句型是表示某種能力逐漸形成。

②本句型的相反用法爲「～なく　成る／變得不～」，例如：

⊙小さい　字が　読めなく　成る。

（小的字變得看不清楚。）

（読む）〈五段〉→ 読め＋る（能力動詞）→ 読め＋なく

㈢　「動₄」＋「助詞」

1.　「動₄」（字典形）或「常體」（普通形）＋「の」

用法：表示代替名詞

例句

① 漢字を　覚えるのは　大変です。

（記漢字眞累人。）

（覚える）〈下一段〉（字典形）

② 旅行に　行かないのは　山田さんです。

（不去旅行的是山田先生。）

（行く）〈五段〉→ 行か＋ない

③ 昨日　借りたのは　この　本です。

（昨天借的是這本書。）

（借りる）〈上一段〉→ 借り＋た

④ 学校に　来なかったのは　高橋さんです。

（沒有來學校的是高橋先生。）

（来る）→ 来＋なかった

⑤ 子供を　誘拐しているのは　あの　人です。

（誘拐小孩子的是那個人。）

（誘拐する）→ 誘拐し＋て

2.「動₄」（字典形）或「常體」（普通形）＋「の」

用法：表示加強語氣

例句

① 電車に　乗り換えるのです。

（要轉搭電車。）

（乗り換える）〈下一段〉（字典形）

② テレビを　見ないのだ。

（不看電視。）

（見る）〈下一段〉→ 見＋ない

③ どう　したんですか。

（怎麼了？）

（する）→ し＋た

④ 何故　昨日　来なかったのですか。

（為什麼昨天沒來呢？）

（来る）→ 来＋なかった

⑤ 彼は　既に　結婚しているのだ。

（他已經結婚了。）

（結婚する）→ 結婚し＋て

 注意

此項用法中，當「の」為會話語時，可轉音為「ん」，如例句③。

日檢N4、N5合格，文法完全學會

3. 「動₄」（字典形）或「常體」（普通形）＋「ので」

用法：表示原因（因爲～）

例句

① 用事が　あるので、早く　帰る。

（因爲有事，所以早點回去。）

（ある）〈下一段〉（字典形）

② お金が　足りないので、本が　買えないのです。

（因爲錢不夠，所以不能買書。）

（足りる）〈上一段〉→ 足り＋ない

③ 私は　お酒を　飲んだので、顔が　赤く
なりました。

（我因爲喝了酒，所以臉變紅了。）

（飲む）〈五段〉→ 飲み＋た→ 飲んだ（ん音便）

④ 電車が　来なかったので、遅れました。

（因爲電車沒來，所以遲到了。）

（来る）→ 来＋なかった

⑤ 物価が　高騰しているので、生活が　苦しい。

（由於物價高漲，生活變得困苦。）

（高騰する）→ 高騰し＋て

注意

在鄭重敘述時，「ので」「のに」的前句，會有敬體形態出現，但一般
都以常體較常見。

動詞篇

4. 「動₄」（字典形）或「常體」（普通形）＋「のに」

用法：表示「のに」的前後句出現違反常理的現象（雖然～）

例句

① 早く　寝ているのに、いつも　眠いです。

（雖然早睡，可是卻常常覺得睏。）

（寝る）〈下一段〉→ 寝＋て

② 誰も　居ないのに、電気が　ついて います。

（都沒有人在，卻開著燈。）

（居る）〈上一段〉→ 居＋ない

③ 約束を　したのに、恋人が　来ませんでした。

（雖然約定好了，可是情人卻沒有來。）

（する）→ し＋た

④ 薬を　飲まなかったのに、病気が　治りました。

（雖然沒有吃藥，病卻好了。）

（飲む）〈五段〉→ 飲ま＋なかった

⑤ 十年間　アメリカに　住んでいるのに、

英語が　下手です。

（雖然在美國住了十年，英語卻是笨拙的。）

（住む）〈五段〉→ 住み＋て → 住んで（ん音便）

第五節　動詞第 5 變化的用法

動詞第 5 變化（以下簡稱爲「動₅」）（條件形：假定形）的用法如下：

本身用法	接　　續		
×	助動詞	助詞	其他
	×	ば	×

動₅ 的接續只有助詞——「ば」，其用法如下：

(一) 「動₅」（假定形）＋「ば」

用法 1：表示肯定句的假設（〜的話）

例句

① 雨が　降れば、延期しましょう。

（下雨的話，就延期吧！）

（降る）〈五段〉→ 降れ＋ば

② 安く　売れば、買う　人は　多いでしょう。

（便宜賣的話，買的人就多吧！）

（売る）〈五段〉→ 売れ＋ば

③ 毎日　早く　起きれば、体が　丈夫に　なります。

（每天早起的話，身體會變強壯。）

（起きる）〈上一段〉→ 起きれ＋ば

用法 2：表示前句的條件導致後句必然的結果（若是〜，則……）

例句

① 春が　来れば、花が　咲きます。

（春天來到，則花就會開。）

（来る）→ 来れ＋ば

動詞篇

② 風が 吹けば、海が 荒れる。

（風吹，海就會起風浪。）

（吹く）〈五段〉→ 吹け＋ば

③ 3に 2を 足せば、5に なる。

（3＋2＝5）

（足す）〈五段〉→ 足せ＋ば

④ 酒を 飲めば、眠く なります。

（喝酒就會想睡覺。）

（飲む）〈五段〉→ 飲め＋ば

用法 3：表示兩種條件並列（既～，且……）

例句

① ここには 山も 有れば、川も 有ります。

（這裏有山也有河流。）

（有る）〈五段〉→ 有れ＋ば

② 彼は ギターも 弾けば、歌も 歌います。

（他彈吉他又唱歌。）

（弾く）〈五段〉→ 弾け＋ば

③ 昨日、風も 吹けば、雨も 降りました。

（昨天又颱風又下雨。）

（吹く）〈五段〉→ 吹け＋ば

用法 4：以「動₅＋ば、動₄＋ほど」句型表示（越……越……）

記憶竅門

「ば」（助詞）：表示（～的話）。「ほど」（助詞）：表示程度。以此聯想其意爲「越～（的話）越……（程度）」。

例句

① 見れば 見るほど、よく 似ています。

（越看越像。）

（見る）〈上一段〉→ 見れ＋ば

② この 本を 読めば 読むほど、面白く なります。

（這本書越讀越有趣。）

（読む）〈五段〉→ 読め＋ば

③ テニスは 練習すれば するほど、上手に なる。

（網球越練習的話，就越打得好。）

（練習する）→ 練習すれ＋ば

④ 車 が 増えれば 増えるほど、空気の 汚染が

深刻に なる。

（車子增加越多，空氣汙染就越嚴重。）

（増える）〈下一段〉→ 増えれ＋ば

 注意

①要表示用法1的否定句假設時，可用「動₁（ない形）＋なければ」
句型。例如：

※ 動詞的否定＋ば

字典形 → 〜ない → 〜なければ
書く → 書か＋ない → 書か＋なければ
建てる → 建て＋ない → 建て＋なければ
来る → 来＋ない → 来＋なければ
する → し＋ない → し＋なければ

⊙ 使い方が 分からなければ、説明書を 読んで 下さい。

（如果使用方法不明白的話，請看說明書。）

②與用法 3 類似的尚有其他句型，請參考「動 ₃（字典形）或常體・敬體＋し」。

③用法 1 的句尾不使用「過去式」，此時可用「～たら」，如

（×）窓を　開ければ　涼しく　なった。

（○）窓を　開ければ　涼しく　なるだろう。

（○）窓を　開けたら　すぐ　涼しく　なった。

　　　〔開ける（下一段）→開けれ＋ば・開け＋たら〕

④句子的意思爲「一……就……」時，不可使用「～ば」，此時可用「～たら」，如：

（×）空港に　着けば　電話を　掛ける。

（○）空港に　着いたら　電話を　掛ける。

　　　（一到機場，立刻打電話。）

　　　〔着く（五段）→着き＋たら → 着いたら（い音便）〕

第六節　　動詞第 6 變化的用法

動詞第 6 變化（以下簡稱爲「動 6」）（命令形）的用法如下：

本身用法	接　　　續		
命令形	助動詞	助詞	其他
	×	×	×

「動 6」的用法只有「**命令形**」，其用法如下：

（一）「命令形」

用法：表示不客氣的命令

例句

① 行け！

　（去！）

（<ruby>行<rt>い</rt></ruby>く）〈五段〉→ 行け

② <ruby>見<rt>み</rt></ruby>ろ！

（看！）

（<ruby>見<rt>み</rt></ruby>る）〈上一段〉→ 見ろ

③ <ruby>早<rt>はや</rt></ruby>く <ruby>食<rt>た</rt></ruby>べろ！

（快吃！）

（<ruby>食<rt>た</rt></ruby>べる）〈下一段〉→ 食べろ

④ <ruby>来<rt>こ</rt></ruby>い！

（過來！）

（<ruby>来<rt>く</rt></ruby>る）→ 来い

⑤ <ruby>注意<rt>ちゅうい</rt></ruby>しろ！

（注意！）

（<ruby>注意<rt>ちゅうい</rt></ruby>する）→ 注意しろ

⑥ <ruby>休<rt>やす</rt></ruby>め！

（稍息！）

（<ruby>休<rt>やす</rt></ruby>む）〈五段〉→ 休め

⑦ よく <ruby>聞<rt>き</rt></ruby>け！

（聽好！）

（<ruby>聞<rt>き</rt></ruby>く）〈五段〉→ 聞け

⑧ <ruby>頑張<rt>がんば</rt></ruby>れ！

（加油！）

（<ruby>頑張<rt>がんば</rt></ruby>る）〈五段〉→ 頑張れ

動詞篇

141

⑨ 起きろ！

　（起床！）

　（起きる）〈上一段〉→ 起きろ

⑩ 中止せよ！

　（中止！）

　（中止する）→ 中止せよ

注意

此項用法常見於「口令」或「警告」語氣方面。

三、動詞的其他重要問題

一、動詞的「音便」

說明：爲了便於發音而以某個音取代原來的發音，稱爲「音便」。

音便條件：音便一定要同時具備以下三種條件才會發生：

1. 五段動詞

2. 第 2 變化

3. 接續助動詞「た、たら」，助詞「たり、て、ては、ても、てから」及「て＋動詞（いる、ある……）」

音便的種類：

1. い音便：第 2 變化（ます形）詞尾爲「き、ぎ」→ い（ぎ的後面接續要改爲濁音），例如：

聞き＋て → 聞いて（て形）　・聞き＋た → 聞いた（た形）

泳ぎ＋て → 泳いで（て形）　・泳ぎ＋た → 泳いだ（た形）

 注意

> 音便的唯一例外 →「行く」
>
> ⊙行き＋て → 行って　不可變成（×）行いて
>
> ⊙行き＋た → 行った　不可變成（×）行いた

2. 促音便：第 2 變化（ます形）詞尾爲「ち、い、り」→ 促音，例如：

待ち＋て → 待って（て形）　・待ち＋た → 待った（た形）

会い＋て → 会って（て形）　・会い＋た → 会った（た形）

あり＋て → あって（て形）　・あり＋た → あった（た形）

3. ん音便：第 2 變化（ます形）詞尾爲「に、み、び」→ん（「ん」後面接續的音全部改爲「**濁音**」），例如：

死に＋て → 死んで（て形）　・死に＋た → 死んだ（た形）

読み＋て → 読んで（て形）　・読み＋た → 読んだ（た形）

遊び＋て → 遊んで（て形）　・遊び＋た → 遊んだ（た形）

二、「他動詞」與「自動詞」

動詞依詞性不同可分爲「**他動詞**」（及物動詞）與「**自動詞**」（不及物動詞），什麼是他動詞或自動詞呢？

他動詞：指必需有動作對象才能表達完整語意的動詞，例如：

食べる（吃）　飲む（喝）

實例

私は　肉を　食べる。

　　　（動作對象）

（我要吃肉。）

弟が　水を　飲む。

　　　（動作對象）

（弟弟要喝水。）

自動詞：指不必有動作對象便可表達完整語意的動詞，例如：

咲く（花開）　鳴く（鳴叫）

實例

花が　咲く。

（花會開。）

鳥が 鳴く。

（鳥會叫。）

常見的「**他動詞**」和「**自動詞**」的例子如下：

他動詞（及物動詞）	自動詞（不及物動詞）
私が 電気を 消す。 （我來關燈。）	電気が 消える。 （燈會熄滅。）
母が 窓を 開ける。 （母親要打開窗戶。）	窓が 開いて いる。 （窗戶開著。）（開く）
子供が 椅子を 壊す。 （小孩子會弄壞椅子。）	椅子が 壊れて いる。 （椅子壞了。）（壊れる）
父が 電気を 付ける。 （父親要開燈。）	電気が 付いて いる。 （燈開著。）（付く）
彼が ドアを 閉める。 （他要關門。）	ドアが 閉まって いる。 （門關著。）（閉まる）
弟が 紐を 切る。 （弟弟要剪線。）	紐が 切れて いる。 （線斷了。）（切れる）
彼女が 鍵を 掛ける。 （她要鎖門。）	鍵が 掛かって いる。 （上著鎖。）（掛かる）
友達が 電話を かける。 （朋友要打電話。）	電話が かかって 来ません。 （電話沒打來。）（かかる）
林さんが 水に 砂糖を 入れる。 （林先生把砂糖放入水裏。）	砂糖が 水に 入って いる。 （水裏面放著砂糖。）（入る）
私は 切符を 出す。 （我要拿出票。）	切符が 出る。 （票會跑出來。）
友人が 荷物を 下げる。 （朋友要放下行李。）	熱が 下がる。 （熱度下降。）

私は 荷物を 上げる。 （我要抬行李。）	熱が 上がる。 （熱度上升。）
医者が 病気を 治す。 （醫生要治病。）	病気が 治りました。 （病好了。） （治る）
私が 本を 落とす。 （我會把書弄掉。）	花が 落ちる。 （花會掉落。）
私が 切手を 集める。 （我收集郵票。）	人が 集まっている。 （人聚集著。） （集まる）
留学生が パスポートを 無くす。 （留學生弄丟護照。）	ガソリンが 無くなる。 （沒有汽油。）
先生が 実習の 予定を 変える。 （老師要改變實習的預定。）	実習の 予定が 変わる。 （實習的預定更改。）
私が 勉強を 始める。 （我要開始用功。）	勉強が 始まる。 （學習開始。）
作業員が 機械を 動かす。 （作業要使機械動。）	機械が 動く。 （機械會動。）
子供が ガラスを 割る。 （小孩會把玻璃弄破。）	ガラスが 割れている。 （玻璃弄破了。） （割れる）
私は 紙を 破る。 （我要把紙弄破。）	紙が 破れている。 （紙破了。） （破れる）
本屋で 本を 売っている。 （書店賣著書。） （売る）	この 本が よく 売れている。 （這本書很暢銷。） （売れる）

 注意

由以上例句可看出他動詞和自動詞的句型模式：

⊙主語が（は） 自動詞

⊙主語が（は） 動作對象を 他動詞

但有些自動詞前面有助詞「を」，是表示「動作移動或出發點」，並非
表示動作的對象，例如：

① 子供が　橋を　渡る。

（小孩要過橋。）

② 家を　出る。

（要出門。）

③ 運動場 を　走る。

（要跑運動場。）

三、動詞的時式、語體

說明：動詞的詞幹不會變，只有詞尾在變，現將其「語體（常體
・敬體）、時式」列表公式如下：

時式＼語體	肯定		否定	
	常體（普通形）	敬體（禮貌形）	常體（普通形）	敬體（禮貌形）
未來式（現在式）無時式	動₃（字典形）	動₂＋ます	動₁＋ない	動₂＋ません
過去式	動₂＋た	動₂＋ました	動₁＋なかった	動₂＋ませんでした

現以「居る」為例，套入公式如下：

時式＼語體	肯定		否定	
	常體（普通形）	敬體（禮貌形）	常體（普通形）	敬體（禮貌形）
未來式（現在式）無時式	居る	居ます	居ない	居ません
過去式	居た	居ました	居なかった	居ませんでした

注意

①動詞的時式表達如圖所示：

過去式　　　　　現在式　　　　未來式
（說話以前）　（說話當時）　（說話以後）

←──────────────┼──────────────→

無時式：指無時間限制的習慣、常理、定理。

②能用「動₃」（字典形）或「動₂（ます形）＋ます」（包含否定句）來表示「現在式（說話當時的動作）」的動詞，只有少數表示「存在（ある、いる）」、「有無（ある）」、「可能動詞（できる、行ける、食べられる……）」等動詞而已，其他的動詞多以「未來式、無時式」形態出現。

動詞的現在式──「動₂＋ている」的「語體（常體・敬體）、時式」列表公式如下：

語體 時式	肯定		否定	
	常體 （普通形）	敬體 （禮貌形）	常體 （普通形）	敬體 （禮貌形）
非過去式	動₂＋ている	動₂＋ています	動₂＋ていない	動₂＋ていません
過去式	動₂＋ていた	動₂＋ていました	動₂＋ていなかった	動₂＋ていませんでした

現在以「書く（寫）」（爲〈五段動詞〉，其「て形」會有「い音便」）爲例，套入公式如下：

語體 時式	肯定		否定	
	常體 （普通形）	敬體 （禮貌形）	常體 （普通形）	敬體 （禮貌形）
非過去式	書いて いる	書いて います	書いて いない	書いて いません
過去式	書いて いた	書いて いました	書いて いなかった	書いて いませんでした

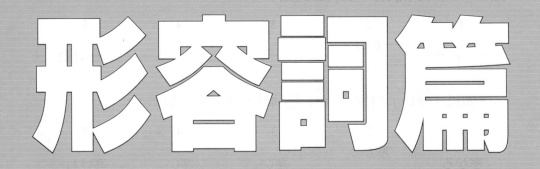

形容詞篇

一、形容詞的特徵

　　形容詞（い形容詞）是在形容主語的內容性質或狀態特徵，常見的形容詞（第 3 變化，又稱：辞書形→字典形）多為「一、**兩個漢字（漢字中多可猜出字意）＋ 一、兩個假名（詞尾為い）**」所組成，例如：寒<ruby>寒<rt>さむ</rt></ruby>い（寒冷的）、<ruby>明<rt>あか</rt></ruby>るい（明亮的）、美味<ruby>美味<rt>お い</rt></ruby>しい（美味的）……。

　　形容詞的「詞幹」不會有變化，只有詞尾在變化，變化有 5 種，現以「一」表示詞幹，表列公式如下：

1	2	3	4	5
一かろ	一かっ 一く	一い	一い	一けれ

　　如以「<ruby>寒<rt>さむ</rt></ruby>い」為例，「<ruby>寒<rt>さむ</rt></ruby>」是詞幹，套入公式如下：

1	2	3	4	5
寒かろ	寒かっ 寒く	寒い	寒い	寒けれ

 注意

> 形容詞中唯一詞尾變化特殊的是「いい（好的）」，如下表：
>
> | 1 | 2 | 3 | 4 | 5 |
> |---|---|---|---|---|
> | × | × | いい | いい | × |
>
> 因為「いい」沒有第 1、2、5 變化，所以當需要用到這幾個變化時，就必需以相同意思的「<ruby>良<rt>よ</rt></ruby>い」來取代，例如：
>
> （○）<ruby>頭<rt>あたま</rt></ruby>が　<ruby>良<rt>よ</rt></ruby>くない。
>
> 　　（腦筋不好。）
>
> （×）<ruby>頭<rt>あたま</rt></ruby>が　いくない。
>
> （註：因為「いい」沒有第 2 變化）

二、形容詞各種變化的用法

CD: 8

第一節　形容詞第 1 變化的用法

形容詞第 1 變化（以下簡稱為「形₁」）的用法整理如下：

本身用法	接　　　續		
	助動詞	助詞	其他
×	う（意量助動詞）	×	×

形₁ 的用法只接助動詞——「う」，其用法如下：

㈠「形₁」（─かろ）＋「助動詞」

1. 「形₁」（─かろ）＋う

   用法：表示常體推測（未來式・現在式・無時式）（～吧）

   例句

   ① 明日も　暑かろう。

   （明天也會熱吧！）

   （暑い）〈字典形〉→ 暑かろ＋う

   ② あの　山は　高かろう。

   （那座山很高吧！）

   （高い）（同上）

   ③ 故郷が　恋しかろう。

   （會懷念故鄉吧！）

   （恋しい）（同上）

   ④ この　本は　安かろう。

   （這本書大概滿便宜的吧！）

   （安い）（同上）

注意

此項用法出現於專門性的文章體中,現在日語多以「形₃(字典形)＋だろう或でしょう」(請參考本章第三節)的句型表示推測。例如:

「暑かろう」→「暑いだろう」

(大概熱吧!)

第二節　形容詞第 2 變化的用法

形容詞第 2 變化(以下簡稱「形₂」)有兩個,即「—かっ」與「—く」,其各別用法整理如下:

「—かっ」的用法

本身用法	接　　續		
×	助動詞	助詞	其他
	た(過去・完了助動詞)	たり	×

「—く」的用法

本身用法	接　　續		
1.名詞形 2.副詞形 3.中止形	助動詞	助詞	其他
	×	1.て 2.ても 3.ては	ない

現在分別敘述「形₂」的用法如下:

(一)「形₂」(—かっ)＋「助動詞」

1. 形₂(—かっ)＋た

用法:表示常體肯定句(過去式)

例句

① 昨日は　暑かった。

(昨天熱。)

（暑い）〈字典形〉 → 暑かっ＋た

② 今朝は　忙しかった。

　　（今天早上忙碌。）

　　（忙しい）（同上）

③ 先週の　旅行は　楽しかった。

　　（上禮拜的旅行挺愉快的。）

　　（楽しい）（同上）

④ 昨夜の　雨は　凄かった。

　　（昨晚雨下得眞大。）

　　（凄い）（同上）

注意

①此項用法若要表示「敬體」時，只需在此句型後加「です」即可，
　例如：

　⊙試験は　易しかった。

　　→試験は　易しかったです。

　　（考試很簡單。）（易しい）

②形容詞的「語體（常體・敬體）、時式」請參考第三章。

③「た」稱爲「過去・完了」助動詞，詞尾變化如下：

1	2	3	4	5
たろ	×	た	た	たら

2.「形₂」（―かっ）＋「たら」

　　用法：表示肯定的假設（～的話）

例句

① 寒かったら、窓を　閉めて下さい。

　　（如果冷的話，請把窗戶關上。）

　　（寒い）〈字典形〉→ 寒かっ＋たら

② 天気が　悪かったら、どう しますか？

　　（要是天氣不好的話，怎麼辦呢？）

　　（悪い）（同上）

③ ナイフの　切れ具合が　鋭かったら、買います。

　　（刀子如果利的話，就買。）

　　（鋭い）（同上）

(二) 「形₂」（―かっ）＋「助詞」

1. 「形₂」（―かっ）＋「たり」

用法：表示列舉分散性的狀態（有時～，有時……）

例句

① 卵の　値段は　高かったり、安かったりする。

　　（蛋價忽高忽低。）

　　（高い）（安い）〈字典形〉→ 高かっ＋たり

② 映画館の　人数は　多かったり、少なかったりです。

　　（電影院裏的人數時多時少。）

　　（多い）（少ない）（同上）

③ 先週、朝食の　時間は　早かったり、

　　遅かったりでした。

　　（上個禮拜早餐的時間忽早忽晚的。）

日檢 N4、N5 合格・文法完全學會

（早い）（遅い）（同上）

④ 教室は 汚なかったり、奇麗だったりです。

（教室有時髒，有時乾淨。）

（汚ない）

 注意

①此項用法句尾可用「だ」或「する」，「語體（常體・敬體）和時式」
由此句尾決定。

②此項用法也可與「形容動詞」（な形容詞）並用，如例句④。

③此項用法表示否定時，用「形₂＋なかったり」句型。例如：

⊙天気が 良かったり、良くなかったりです。

（天氣時好時壞。）

（三）「形₂」（―く）的本身用法

1. 「名詞形」

用法：表示「名詞」

例句

① 彼は 朝早くから 夜遅くまで、働いている。

（他從早工作到晚。）

（早い）（遅い）〈字典形〉→ 早く

② 「遠くの 親類より、近くの 他人」

（遠親不如近鄰——諺語。）

（遠い）（近い）（同上）

③ 多くの 人が カナダへ 移民します。

（很多人移民去加拿大。）

（<ruby>多<rt>おお</rt></ruby>い）（同上）

④ <ruby>京<rt>きょう</rt></ruby><ruby>都<rt>と</rt></ruby>は　<ruby>古<rt>ふる</rt></ruby>くから　<ruby>有名<rt>ゆうめい</rt></ruby>な　<ruby>都<rt>みやこ</rt></ruby> です。

（京都從古時候就是有名的都城。）

（<ruby>古<rt>ふる</rt></ruby>い）（同上）

注意

①此項用法常見的有：<ruby>早<rt>はや</rt></ruby>く（清早）　<ruby>遅<rt>おそ</rt></ruby>く（很晚的時候）　<ruby>近<rt>ちか</rt></ruby>く（附近）　<ruby>遠<rt>とお</rt></ruby>く（遠方）　<ruby>多<rt>おお</rt></ruby>く（許多）　<ruby>古<rt>ふる</rt></ruby>く（古昔）
②名詞形的用法整理，請參考第六節。

2. 「副詞形」

用法：以「副詞」形態「修飾後面的動詞」等

例句

① <ruby>楽<rt>たの</rt></ruby>しく　<ruby>遊<rt>あそ</rt></ruby>ぶ。

修飾

（愉快地遊玩。）

（<ruby>楽<rt>たの</rt></ruby>しい）〈字典形〉→ 楽しく〈副詞形〉

② <ruby>寒<rt>さむ</rt></ruby>く　なります。

（會變冷。）

（<ruby>寒<rt>さむ</rt></ruby>い）〈字典形〉→ 寒く〈副詞形〉

③ <ruby>優<rt>やさ</rt></ruby>しく　<ruby>言<rt>い</rt></ruby>う。

（和善地說。）

（<ruby>優<rt>やさ</rt></ruby>しい）〈字典形〉→ 優しく〈副詞形〉

④ 早<ruby>早<rt>はや</rt></ruby>く <ruby>起<rt>お</rt></ruby>きる。

（早起。）

（<ruby>早<rt>はや</rt></ruby>い）〈字典形〉→ 早く〈副詞形〉

⑤ <ruby>雨<rt>あめ</rt></ruby>が ひどく <ruby>降<rt>ふ</rt></ruby>ります。

（雨下得很大。）

（ひどい）〈字典形〉→ ひどく〈副詞形〉

⑥ <ruby>遅<rt>おそ</rt></ruby>く <ruby>帰<rt>かえ</rt></ruby>る。

（晚回家。）

（<ruby>遅<rt>おそ</rt></ruby>い）〈字典形〉→ 遅く〈副詞形〉

⑦ <ruby>花<rt>はな</rt></ruby>が <ruby>美<rt>うつく</rt></ruby>しく <ruby>咲<rt>さ</rt></ruby>いています。

（花開得很美。）

（<ruby>美<rt>うつく</rt></ruby>しい）〈字典形〉→ 美しく〈副詞形〉

⑧ <ruby>飛行機<rt>ひこうき</rt></ruby>が <ruby>速<rt>はや</rt></ruby>く <ruby>飛<rt>と</rt></ruby>びます。

（飛機飛得快。）

（<ruby>速<rt>はや</rt></ruby>い）〈字典形〉→ 速く〈副詞形〉

⑨ <ruby>高<rt>たか</rt></ruby>く <ruby>売<rt>う</rt></ruby>ります。

（賣得貴。）

（<ruby>高<rt>たか</rt></ruby>い）〈字典形〉→ 高く〈副詞形〉

 注意

此項用法並不一定緊接在動詞前面。例如：

⊙<ruby>汚<rt>きた</rt></ruby>なく <ruby>紙<rt>かみ</rt></ruby>に <ruby>名前<rt>なまえ</rt></ruby>を <ruby>書<rt>か</rt></ruby>きました。

修飾

形容詞篇

（在紙上潦草地寫上名字。）

（汚<ruby>き</ruby>ない）（字典形）→ 汚なく〈副詞形〉

3. 「中止形」

用法 1：表示對同一主語的內容，做連續性的敘述

例句

① 彼女は　若く、奇麗です。

（她既年輕又漂亮。）

（若い）〈字典形〉→ 若く

② 北海道の　冬は　長く、厳しいです。

（北海道的冬天既長又嚴酷。）

（長い）（同上）

③ この　教室は　小さく、汚ないです。

（這間教室又小又髒。）

（小さい）（同上）

用法 2：表示對比性的敘述

例句

① 夏は　暑く、冬は　寒い。

（夏天熱，而冬天冷。）

（暑い）（同上）

② これは　美しく、それは　醜いです。

（這個美麗，而那個醜。）

（美しい）（同上）

③ ここは 明<small>あか</small>るく、そこは 暗<small>くら</small>いです。

（這裏明亮，而那裏黑暗。）

（明<small>あか</small>るい）（同上）

㈣ 「形₂」（―く）＋「助詞」

1. 「形₂」（―く）＋「て」（中止形）

用法 1：表示對同一主語的內容做連續性的敘述

例句

① 彼女<small>かのじょ</small>は 若<small>わか</small>くて、奇麗<small>きれい</small>です。

（她既年輕又漂亮。）

（若<small>わか</small>い）〈字典形〉→ 若<small>わか</small>く＋て

② 北海道<small>ほっかいどう</small>の 冬<small>ふゆ</small>は 長<small>なが</small>くて、厳<small>きび</small>しいです。

（北海道的冬天既長又嚴酷。）

（長<small>なが</small>い）（同上）

③ この 教室<small>きょうしつ</small>は 小<small>ちい</small>さくて、汚<small>きた</small>ないです。

（這間教室又小又髒。）

（小<small>ちい</small>さい）（同上）

注意

> 此項用法也可作兩次以上的連續性敘述，例如：
>
> ⊙この お手洗<small>てあら</small>いは 古<small>ふる</small>くて、狹<small>せま</small>くて、暗<small>くら</small>いです。
>
> （這洗手間既老舊，且又小又暗。）

用法 2：表示對比性的敘述

例句

① 夏は　暑くて、冬は　寒い。

（夏天熱，而冬天冷。）

（暑い）（同上）

② これは　美しくて、それは　醜いです。

（這個美麗，而那個醜。）

（美しい）（同上）

③ ここは　明るくて、そこは　暗いです。

（這裏明亮，而那裏黑暗。）

（明るい）（同上）

注意

以上用法與前述「形₂（一く）」中止形相同。

用法 3：表示原因（因爲〜）

例句

① 冷たくて、我慢できません。

（冷得無法忍受。）

（冷たい）（同上）

② 忙しくて、寝る　時間も　ない。

（因爲太忙，連睡覺時間都沒有。）

（忙しい）（同上）

③ 悲しくて、自殺しました。

（由於悲傷而自殺了。）

（悲しい）（同上）

注意

①中止形本身與「語體（常體・敬體）和時式」無關，語體和時式視「句尾」而定。

②用法3（表示原因）的後句不能有表示「請求、命令、勸誘……」（可參照「形₃＋と」的注意1）等主觀語氣的句子出現。表示上述句子的「原因」可用「から」。例如：

（×）寒くて、外へ 出ないで 下さい。

（○）寒<ruby>い<rt>さむ</rt></ruby>から、外<ruby>へ<rt>そと</rt></ruby> 出<ruby>ない<rt>で</rt></ruby>へ 出ないで 下<ruby>さい<rt>くだ</rt></ruby>。

（因爲冷，所以請不要外出。）

2. 「形₂」（一く）＋「ても」

用法：表示「ても」的前後句出現違反常理的現象（即使～）

例句

① 果物<ruby><rt>くだもの</rt></ruby>が 安<ruby>くても<rt>やす</rt></ruby>、買<ruby>いません<rt>か</rt></ruby>。

（水果即使便宜，也不買。）

（安<ruby>い<rt>やす</rt></ruby>）〈字典形〉→ 安<ruby>く<rt>やす</rt></ruby>＋ても

② 学校<ruby><rt>がっこう</rt></ruby>が 近<ruby>くても<rt>ちか</rt></ruby> タクシーで 行<ruby>きます<rt>い</rt></ruby>。

（學校雖然近，卻還是搭計程車去。）

（近<ruby>い<rt>ちか</rt></ruby>）（同上）

③ 遅<ruby>くても<rt>おそ</rt></ruby> 帰<ruby>りません<rt>かえ</rt></ruby>。

（雖然晚了，還是不回家。）

（遅<ruby>い<rt>おそ</rt></ruby>）（同上）

④ 眠<ruby>くても<rt>ねむ</rt></ruby>、仕事<ruby>を<rt>しごと</rt></ruby> しなければ なりません。

（即使睏，也必需工作。）

（眠<ruby>い<rt>ねむ</rt></ruby>）（同上）

3. 「形₂」（―く）＋「ては」

　　用法：表示「ては」前句的條件會導致後句不好的結果（～的話）

　　例句

　　① 湖が　深くては、危ないでしょう。

　　　（湖水深的話，很危險吧！）

　　　（深い）〈字典形〉→ 深く＋ては

　　② 食べ物が　古くては、下痢します。

　　　（食物放久的話，會拉肚子。）

　　　（古い）（同上）

　　③ 喧しくては、勉強が　できません。

　　　（吵鬧的話，無法讀書。）

　　　（喧しい）（同上）

　　④ 貧しくては、生活が　苦しいでしょう。

　　　（貧窮的話，生活會變得困苦吧！）

　　　（貧しい）（同上）

㈤　「形₂」（―く）＋「其他」

1. 「形₂」（―く）＋「ない」

　　用法：表示常體否定句（現在式、無時式）（不～）

　　例句

　　① この　味噌汁は　熱くない。

　　　（這味噌湯不熱。）

　　　（熱い）〈字典形〉→ 熱く＋ない

② その　荷物は　軽くない。

（那件行李不輕。）

（軽い）　（同上）

③ 山上の　風は　強くない。

（山上的風不強。）

（強い）　（同上）

④ この　薬は　苦くない。

（這藥不苦。）

（苦い）　（同上）

 注意

①若要表達「敬體」否定時，在句尾加上「です」即可，或用「形₂（一く）＋ありません」句型表示（可參考第三章語體、時式）。例如：

⊙熱くない。（熱い）

　→熱くないです。

　→熱くありません。（不燙。）

②「ない」的詞尾變化列表如下：

1	2	3	4	5
なかろ	なかっ なく	ない	ない	なけれ

2.「形₂」（一く）＋「なかった」

用法：表示常體否定句（過去式）（不～）

例句

① 昨日は　暑くなかった。

（昨天不熱。）

（暑い）〈字典形〉→暑く＋なかった

163

② 今朝は　忙しくなかった。

（今天早上不忙。）

（忙しい）（同上）

③ 先週の　旅行は　楽しくなかった。

（上個禮拜的旅行不愉快。）

（楽しい）（同上）

④ 昨夜の　風は　弱くなかった。

（昨晚的風不小。）

（弱い）（同上）

注意

> 此項用法若要表達敬體時，在句尾加上「です」或用「形₂（一く）＋ありませんでした」句型表示（可參考第三章語體、時式）。例如：
>
> ⊙昨日の　試験は　難しくなかった。
>
> 　→昨日の　試験は　難しくなかったです。
>
> 　→昨日の　試験は　難しくありませんでした。

3.「形₂」（一く）＋「なかったら」

用法：表示否定的假設（如果不～的話）

例句

① 寒くなかったら、出掛けましょう。

（如果不冷的話，就出去吧！）

（寒い）〈字典形〉→寒く＋なかったら

② 魚が　新しくなかったら、買わない方が　いい。

（如果魚不新鮮的話，最好不要買。）

（新しい）（同上）

③ ジュースが　美味_{おい}しくなかったら、飲_のまなくても

いい。

（果汁如果不好喝的話，不喝也沒關係。）

（美味_{おい}しい）（同上）

④ 遠_{とお}くなかったら、駅_{えき}まで　歩_{ある}いて　下_{くだ}さい。

（如果不遠的話，請步行到車站。）

（遠_{とお}い）（同上）

 注意

肯定假設的用法可用「形₂＋たら」句型，請參照。

4.「形₂」（—く）＋「なく」

用法 1：表示對同一主語做連續性的否定敘述（不～）

例句

① この　桃_{もも}は　美味_{おい}しくなく、高_{たか}い。

（這桃子不好吃又貴。）

（美味_{おい}しい）〈字典形〉→ 美味しく＋なく

② あの　映画_{えいが}は　内容_{ないよう}も　面白_{おもしろ}くなく、俳優_{はいゆう}の

演技_{えんぎ}も　下手_{へた}です。

（那部電影內容無趣，而且演員的演技也差勁。）

（面白_{おもしろ}い）（同上）

用法 2：表示對比性的敘述（不～）

例句

① ここは　暑_{あつ}くなく、そこは　暑_{あつ}い。

（這裏不熱，而那裏熱。）

165

形容詞篇

（暑_{あつ}い）（同上）

② 母_{はは}は　厳_{きび}しくなく、父_{ちち}は　厳_{きび}しいです。

（母親不嚴厲，而父親是嚴厲的。）

（厳_{きび}しい）（同上）

 注意

此項用法是否定敘述的中止形（肯定用法請看「形₂（—く）＋て」句型）

2. 「形₂」（—く）＋「なくて」

用法 1：表示對同一主語做連續性的否定敘述（不～）

例句

① この　桃_{もも}は　美味_{おい}しくなくて、高_{たか}い。

（這桃子不好吃又貴。）

（美味_{おい}しい）〈字典形〉→ 美味_{おい}しく＋なくて

② あの　映画_{えいが}は　内容_{ないよう}も　面白_{おもしろ}くなくて、俳優_{はいゆう}の
演技_{えんぎ}も　下手_{へた}です。

（那部電影內容無趣，而且演員的演技也差勁。）

（面白_{おもしろ}い）（同上）

用法 2：表示對比性的敘述（不～）

例句

① ここは　暑_{あつ}くなくて、そこは　暑_{あつ}い。

（這裏不熱，而那裏熱。）

（暑_{あつ}い）（同上）

② 母_{はは}は　厳_{きび}しくなくて、父_{ちち}は　厳_{きび}しいです。

（母親不嚴厲，而父親是嚴厲的。）

（厳しい）（同上）

注意

以上用法 1、2 與「形₂（一く）＋なく」用法 1、2 相同。

用法 3：表示原因（因爲～）

例句

① 数学は　面白くなくて、嫌いです。

（數學不有趣，所以討厭。）

（面白い）（同上）

② この　李は　美味しくなくて、一つも

売れませんでした。

（這李子不好吃，所以一個也賣不掉。）

（美味しい）（同上）

③ この　酒は　強くなくて、子供でも　飲めます。

（這酒不烈，所以連小孩子也能喝。）

（強い）（同上）

6.「形₂」（一く）＋なくても

用法：表示「なくても」的前後句出現違反常理的現象（即使不～）

例句

① 野菜は　高くなくても、買いません。

（蔬菜即使不貴，也不買。）

（高い）〈字典形〉→ 高く＋なくても

② 天気が　暑くなくても、クーラーを　付けて下さい。

（即使天氣不熱，也請打開冷氣）

167

（暑い）（同上）

③ 事務所が　暗くなくても、電気を　消しては
いけません。

（即使辦公室不暗，也不能把電燈關掉。）

（暗い）（同上）

④ 体が　弱くなくても、あまり　安心しない　方が
いいですよ。

（就算身體不弱，也還是不要掉以輕心比較好。）

（弱い）（同上）

7.「形₂」（―く）＋なくては

用法：表示「なくては」前句的條件會引發後句不好的結果（不～的話）

例句

① 肉は　新しくなくては、下痢しますよ。

（肉如果不新鮮的話，會拉肚子哦！）

（新しい）〈字典形〉→ 新しく＋なくては

② 教室は　明るくなくては、目に　悪いだろう。

（教室如果不明亮的話，對眼睛不好吧！）

（明るい）（同上）

③ 高速道路は　広くなくては、危ないです。

（高速公路如果不寬敞的話，是危險的。）

（広い）（同上）

第三節　形容詞第 3 變化的用法

形容詞第 3 變化（字典形）（以下簡稱為「形₃」）的用法整理如下：

本身用法	接　續		
	助動詞	助詞	其他
終止形 （字典形）	1. だろう 　　でしょう （推測助動詞） 2. らしい 　　らしいです （推定助動詞） 3. そうだ 　　そうです （傳聞助動詞） 4. なら（條件助動詞）	1. と 2. が（けれども） 3. から 4. し 5. か 6. と（格助詞）	×

現在分別敘述「形₃」的用法如下：

(一)「形₃」（―い）的本身用法

1. 終止形（辭書形 → 字典形）

用法：表示常體肯定句（現在式、無時式）

例句

① りんごは　赤（あか）い。

　（蘋果是紅色的。）

② 天気（てんき）が　素晴（すば）らしい。

　（天氣不錯。）

③ あの　人（ひと）は　偉（えら）い。

　（那個人了不起。）

④ この　肉（にく）は　柔（やわ）らかい。

　（這肉很軟。）

169

形容詞篇

注意

①此項用法若要表示「敬體」時，在句尾加上「です」（斷定助動詞）即可。例如：

　⊙糸は　細い。

　　→糸は　細いです。

　　（線是細的。）

②上述的敬體肯定句句型不能以「だ」（常體→普通形）來替換「です」。例如：

　（×）寒いだ。

㈡「形₃」（─い）（字典形）＋助動詞

1. 「形₃」（字典形）或「常體」（普通形）＋ だろう（常體）
でしょう（敬體）

　（推測助動詞）

　用法：表示說話者對某事的主觀（個人的猜想或判斷）推測（～吧）

例句

① お茶は　温いだろう。

　　（茶是溫的吧！）

　　（温い）〈字典形〉

② こんな事は　可笑しくないだろう。

　　（這種事情沒有什麼可笑的吧！）

　　（可笑しい）→（現在式，否定）

③ 昨日の　台風は　ひどかったでしょう。

　　（昨天的颱風很厲害吧！）

　　（ひどい）→（過去式，肯定）

日檢N4、N5合格・文法完全學會

④ 今朝_{けさ}は　忙_{いそが}しくなかったでしょう。

（今天早上不忙吧！）

（忙_{いそが}しい）→（過去式，否定）

注意

各時式常體（普通形）請參考第三章。

2. 「形₃」（字典形）或「常體」（普通形）+ らしいです（敬體）
　　　　　　　　　　　　　　　　　　　　らしい（常體）

（推定助動詞）

用法：表示説話者對某事的客觀（根據某些事實）推測（好像～）

例句

① 頭_{あたま}が　固_{かた}いらしい。

（腦筋好像很頑固的樣子。）

（固_{かた}い）〈字典形〉

② その　川_{かわ}は　清_{きよ}くないらしいです。

（那條河好像不清澈的樣子。）

（清_{きよ}い）→（現在式，否定）

③ 先週_{せんしゅう}の　会場_{かいじょう}は　広_{ひろ}かったらしいです。

（上週的會場好像很寬闊的樣子。）

（広_{ひろ}い）→（過去式，肯定）

④ 昨日の　パーティーは　楽_{たの}しくなかったらしい。

（昨天的宴會好像不愉快的樣子。）

（楽_{たの}しい）

3. 「形₃」（字典形）或「常體」（普通形）＋ そうだ（常體）
　　　　　　　　　　　　　　　　　　　　　そうです（敬體）

（傳聞助動詞）

用法：表示（據說、聽說～）

例句

① あの　子は　可愛いそうです。

（聽說那孩子很可愛。）

（可愛い）〈字典形〉

② あの　山は　険しくないそうだ。

（那座山聽說不險峻。）

（険しい）→（現在式，否定）

③ 昨日の　霧は　濃かったそうです。

（聽說昨天的霧很濃。）

（濃い）→（過去式，肯定）

④ 去年の　雨は　多くなかったそうです。

（據說去年的雨不多。）

（多い）→（過去式，否定）

 注意

①此用法沒有「否定」「疑問句」「過去式」，如：

（○）彼は　高く　なかったそうです。

　　　（聽說他長得不高。）

（×）彼は　高かった　そうでは　ありません。（否定）

（×）彼は　高かった　そうですか。（疑問句）

（×）彼は　高かった　そうでした。（過去式）

②「～そうだ」的「～」部分，不可使用「らしい」「ようだ」「だろう」

等，如：

（○）新聞に　よると、今年の　冬は　寒い　そうです。

　　　（根據報載，今年的冬天好像滿冷的樣子。）

（×）〜　　　　　　　寒い　だろう　そうです。

4. 「形₃」（字典形）或「常體」（普通形）＋なら（條件助動詞）

用法：表示假設（〜的話）

例句

① 気持ちが　悪いなら、外出しない方が　いい。

（如果身體不舒服的話，最好不要外出。）

（悪い）〈字典形〉

② 美味しくないなら、食べないで　下さい。

（如果不好吃的話，就請不要吃。）

（美味しい）→（現在式，否定）

③ 去年の　成績が　良かったなら、今年も　良いと　思う。

（去年的成績如果好的話，我想今年應該也不錯。）

（良い）→（過去式，肯定）

④ 昨日　寒くなかったなら、今日も　同じでしょう。

（昨天如果不冷的話，今天也一樣吧！）

（寒い）→（過去式，否定）

（三）「形₃」（字典形）（─い）＋助詞

1. 「形₃」（字典形）＋「と」

用法 1：表示肯定句的假設（如果〜的話）

例句

① 騒がしいと、仕事が　できません。

（吵鬧的話，沒辦法工作。）

② 料理が　不味いと、食べない。

（料理如果不好吃的話，就不吃。）

③ 貧しいと、生活が　苦しく　なる。

（貧窮的話，生活會變困苦。）

④ 霧が　濃いと、道に　迷います。

（霧濃的話，會迷路。）

用法 2：表示前句的條件會導致後句必然的結果（若是～，則……）

例句

① 酸素が　ないと、人間は　生きられません。

（沒有氧氣，人就無法生存。）

② 暑いと、眠く　なる。

（天氣熱就想睡覺。）

注意

①此項用法中的後句不可出現具有請求（……て　下さい）、命令（……なさい）、勸誘（……ましょう）、允許（……ても　いい）、禁止（……ては　いけません）、意志（……う・よう）、勸告（……ほうが　いい）、想法（……と　思う）等具有主觀色彩語氣的句子。例如：

（×）暖かいと、外へ　行って　下さい。

此時可改用「形₂（―かっ）＋たら」句型。

例如：

日檢N4、N5合格・文法完全學會

⊙ 暖かかったら、外へ　行って下さい。

　（如果暖和的話，請到外面去。）

②以上用法的前句若爲否定時，可用「形₂（－く）＋ない」句型。例
　如：

⊙ 花が　美しくないと、買いません。

　（花不漂亮的話，就不買。）

2.「形₃」（字典形）或「常體」（普通形）・「敬體」（禮貌形）
　＋が（けれども）

用法 1：「が」用來連接前後句，表示出現違反常理的現象（雖然～）

例句

① 今日は　暑いですが、林さんは　厚い服を
　着て　います。

　（今天雖然天氣熱，可是林先生卻穿著厚衣服。）
　（暑い）〈字典形〉

② 彼は　頭が　良くないですが、成績が　いいです。

　（他雖然腦筋並不好，但是成績不錯。）
　（良い）→（現在式，否定）

③ 昨日のテストは　易しかったですが、零点を
　取りました。

　（昨天的測驗雖然簡單，卻拿了零分。）
　（易しい）→（過去式，肯定）

④ 今朝の　風は　強くなかったですが、看板が
　落ちました。

　（今天早上的風並不強，可是看板卻掉落了。）

（強い）→（過去式，否定）

用法 2：「が」用來連接前後句，表示展開話題或緩和語氣

例句

① この　りんごは　うまいですが、青森のですか。

（這蘋果滿好吃的，是青森的嗎？）

（うまい）〈字典形〉

② この　カメラは　値段が　高くないですが、

どこの　メーカーですか。

（這部相機並不貴，是哪裏的呢？）

（高い）→（現在式，否定）

③ 昨日、顔色が　青かったですが、どう　したのですか。

（昨天臉色不好，是怎麼了？）

（青い）→（過去式，肯定）

④ 料理は　味が　悪くなかったですが、誰が

作りましたか。

（料理味道還不錯，是誰做的呢？）

（悪い）→（過去式，否定）

用法 3：「が」用來連接前後句，表示條件並列（既～，且……）

例句

① 山田さんは　頭も　良いですが、体も　丈夫です。

（山田先生腦筋好，身體也健壯。）

（良い）〈字典形〉

② この　店は　料理も　美味しくないですが、

値段も　高いです。

（這家店的菜不好吃，又貴。）

（美味しい）→（現在式，否定）

③ 昨日は　天気も　涼しかったですが、風も

爽やかでした。

（昨天的天氣涼快，風也清爽。）

（涼しい）→（過去式，肯定）

④ 今朝は　雨も　ひどくなかったですが、風も

強くなかったです。

（今天早上雨不大，風也不強。）

（ひどい）→（過去式，否定）

用法4：「が」用來連接前後句，表示相對性的敘述

例句

① これは　小さいですが、それは　大きいです。

（這個小，而那個大）

（小さい）〈字典形〉

② 日本語は　難しくないですが、英語は　難しいです。

（日語不困難，而英語困難。）

（難しい）→（現在式，否定）

③ 昨日は　寒かったですが、今日は　暑いです。

（昨天冷，而今天熱。）

（寒い）→（過去式，肯定）

④ 今朝は　忙しくなかったですが、午後は
忙しかったです。

（今天早上不忙，而下午很忙。）

（忙しい）→（過去式，否定）

 注意

①「が」（けれども）稱爲「接續助詞」，具有連接前後句，使語意連
貫的功能。

②與以上用法 3 同樣的句型尚有其他，請參照「形₃（字典形）或常體
（普通形）‧ 敬體（禮貌形）＋し」句型的注意事項。

3.「形₃」（字典形）或「常體」（普通形）‧「敬體」（禮貌形）
＋「から」

用法：表示原因（因爲～）

例句

① 忙しい（です）から、後で　来て下さい。

（因爲忙，請稍後來。）

（忙しい）〈字典形〉

② 蝦は　新しくない（です）から、食べないで
下さい。

（蝦子不新鮮，所以請不要吃。）

（新しい）→（現在式，否定）

③ 昨日、目が　痛かった（です）から、
出掛けませんでした。

（昨天因爲眼睛痛，沒有出門。）

（痛い）→（過去式，肯定）

④ <u>暑くなかった（です）</u>から、公園へ　散歩に

行きました。

（因爲不熱，到公園散步了。）

（暑い）→（過去式，否定）

 注意

①日文句子中，常有先敘述結果後敘述原因的情形，例如：

⊙学校へ　行かないのは　気持ちが　悪いから。

（不去學校是因爲身體不舒服。）

此種情形，常見的句型是「……のは……から（です）」

②「から」前後句「語體（常體・敬體）」排列方式同「が（けれども）」

等，請參照。

4.「形₃」（字典形）或「常體」（普通形）・「敬體」（禮貌形）

+「し」

用法 1：表示條件的並列（既～，且……）

① 王さんは　頭も　<u>良い（です）</u>し、体も　丈夫です。

（王先生頭腦好，身體也健壯。）

（良い）〈字典形〉

② この　店は　料理も　<u>美味しくない（です）</u>し、

値段も　高いです。

（這家店的菜不好吃又貴。）

（美味しい）→（現在式，否定）

③ ここは　気候も　<u>涼しかった（です）</u>し、風も

爽やかでした。

（這裏的天氣涼快，風也清爽。）

（涼しい）→（過去式，肯定）

④ 今朝は　雨も　<u>酷くなかった（です）</u>し、風も
強くなかったです。

（今天早上雨不大，風也不強。）

（酷い）→（過去式，否定）

用法 2：表示原因（因為～）

例句

① この　レストランは　料理も　<u>いい</u>し、値段も
安いから、いつも　ここで　食事しています。

（這家餐廳料理好又便宜，所以經常在這裏吃飯。）

（いい）〈字典形〉

② この　会社は　家から　<u>近くない</u>し、月給も
高くないから、ここに　勤めません。

（這家公司離家不近，薪水也不高，所以不在這裏上班。）

（近い）→（現在式，否定）

注意

類似用法 1 的句型尚有：

① a も……けれども、b も……

　→王さんは　頭も　良いけれども、体も　丈夫です。

② a も……が、b も……

　→王さんは　頭も　良いが、体も　丈夫です。

③ a も……ば、b も……

　→王さんは　頭も　良ければ、体も　丈夫です。

④ a も……て、b も……

　→王さんは　頭も　良くて、体も　丈夫です。

日検 N4、N5 合格・文法完全學會

5. 「形₃」（字典形）或「常體」（普通形）＋「か＋も＋しれない」

用法：表示猜想（也許～）

例句

① 競争が　激しいかも　しれない。
（きょうそう）（はげ）

（也許競爭激烈。）

（激しい）〈字典形〉
（はげ）

② あの　先生は　恐くないかも　しれない。
（せんせい）（こわ）

（也許那個老師並不可怕。）

（恐い）→（現在式，否定）
（こわ）

③ 昨日の　風は　強かったかも　しれません。
（かぜ）（つよ）

（也許昨天風強。）

（強い）→（過去式，肯定）
（つよ）

④ 今朝の　寿司は　古くなかったかも　しれません。
（けさ）（すし）（ふる）

（今天早上的壽司也許並沒有不新鮮。）

（古い）→（過去式，否定）
（ふる）

6. 「形₃」（字典形）或「常體」（普通形）＋「と＋思う」

用法：表示 1、2 人稱的看法、想法（想～；覺得～）

例句

①（あなたは）これは　珍しいと　思いますか。
（めずら）（おも）

（你覺不覺得這是少有的？）

（珍しい）〈字典形〉
（めずら）

②（私は）彼は　賢くないと　思う。
（かれ）（かしこ）（おも）

（我覺得他不聰明。）

（<ruby>賢<rt>かしこ</rt></ruby>い）→（現在式，否定）

③（<ruby>私<rt></rt></ruby>は）<ruby>昨日<rt></rt></ruby>の　<ruby>料理<rt>りょう り</rt></ruby>は　<u><ruby>辛<rt>から</rt></ruby>かった</u>と　<ruby>思<rt>おも</rt></ruby>います。

（我覺得昨天的料理好辣。）

（<ruby>辛<rt>から</rt></ruby>い）→（過去式，肯定）

④（あなたは）<ruby>今朝<rt>け さ</rt></ruby>の　<ruby>雨<rt>あめ</rt></ruby>は　<u><ruby>酷<rt>ひど</rt></ruby>くなかった</u>と

<ruby>思<rt>おも</rt></ruby>いますか。

（你覺得今天早上的雨不大嗎？）

（<ruby>酷<rt>ひど</rt></ruby>い）→（過去式，否定）

第四節　形容詞第 4 變化的用法

形容詞第 4 變化（字典形）（以下簡稱為「形₄」）的用法整理如下：

本身用法	接　　續		
	助動詞	助詞	其他
連體形 （字典形）	ようだ ようです　（比況助動詞）	の ので のに	×

現在分別敘述「形₄」的用法如下：

㈠ 「形₄」（—い）（字典形）的本身用法

連體形（連接名詞的形態）

1. 「形₄」（字典形）或「常體」（普通形）＋「名詞」

　　用法：表示修飾名詞

例句

① <u><ruby>美味<rt>お い</rt></ruby>しい</u> <ruby>桃<rt>もも</rt></ruby>は　これです。

　　　　　修飾
（好吃的桃子是這個。）

（美味しい）〈字典形〉

② 背が　低くない　人は　高橋さんです。

（身高不矮的人是高橋先生。）

（低い）→（現在式，否定）

③ 懐かしかった　故郷を　思い出しました。

（想起了令人懷念的故鄉。）

（懐しい）→（過去式，肯定）

④ 物価が　高くなかった　あの頃は　生活が

愉快でした。

（在物價不高的那個時候，生活是愉快的。）

（高い）→（過去式，否定）

2.「形₄」（字典形）或「常體」（普通形）＋「はずです」

用法：表示按照常理的推斷（應該是～）

例句

① 核戦争は　恐ろしい　はずです。

（核子戰爭應該是恐怖的。）

（恐ろしい）〈字典形〉

② あの　人は　若くない　はずです。

（那個人應該不年輕。）

（若い）→（現在式，否定）

③ 去年は　観光客が　多かった　はずです。

（去年觀光客應該很多。）

（多い）→（過去式，肯定）

④ 昨日は　それほど　寒<ruby>寒<rt>さむ</rt></ruby>くなかった　はずです。

（昨天應該沒有那麼冷。）

（<ruby>寒<rt>さむ</rt></ruby>い）→（過去式，否定）

注意

> 否定用法時，則用「……はずは　ないです」或「……はずは　ありません」。例如：
> ⊙これは　<ruby>高<rt>たか</rt></ruby>いはずは　ないです。或
> ⊙これは　高いはずは　ありません。
> （這個東西應該不貴。）

(二)「形₄」（一い）＋助動詞

1.「形₄」（字典形）或「常體」（普通形）＋ ようだ（常體）
　　　　　　　　　　　　　　　　　　　　 ようです（敬體）

　（比況助動詞）

用法：表示推測（好像～）

例句

① <ruby>頭<rt>あたま</rt></ruby>が　<ruby>鈍<rt>にぶ</rt></ruby>いようです。

（好像腦筋遲鈍的樣子。）

（<ruby>鈍<rt>にぶ</rt></ruby>い）〈字典形〉

② <ruby>彼<rt>かれ</rt></ruby>は　<ruby>寂<rt>さび</rt></ruby>しくないようだ。

（他好像並不寂寞。）

（<ruby>寂<rt>さび</rt></ruby>しい）→（現在式，否定）

③ <ruby>先週<rt>せんしゅう</rt></ruby>は　<ruby>楽<rt>たの</rt></ruby>しかったようです。

（上個禮拜好像滿愉快的。）

（<ruby>楽<rt>たの</rt></ruby>しい）→（過去式，肯定）

④ 昨日は 暑くなかったようだ。

（昨天好像不熱。）

（暑い）→（過去式，否定）

注意

> ①「ようだ」與「らしい」同樣表示推測，其差別如下：
> 　a.「ようだ」→以「外在事態」或「內心感覺」為根據。
> 　b.「らしい」→以「外在事態」為根據。
> ②說話者以「外在事態」為根據而猜測時，兩者相通。例如：
> 　⊙あの　山は　高いようです。
> 　⊙あの　山は　高いらしいです。
> 　（那座山好像很高。）
> ③若是以「內心感覺」為根據而猜測時，只能用「ようだ」。例如：
> 　⊙私は　胃が　痛いようです。
> 　（我好像胃痛。）
> 　（×）私は　胃が　痛いらしいです。

(三)「形₄」（－い）（字典形）＋助詞

1.「形₄」（字典形）或「常體」（普通形）＋「の（代替名詞）」

　用法：表示代替所修飾的「名詞」

例句

① 一番　寒いのは　一月です。（「の」代替「月」）

（最冷的月分是一月。）

（寒い）〈字典形〉

② 面白くないのが　この　小説です。（「の」代替「小説」）

（沒有趣的是這部小說。）

（面白い）→（現在式，否定）

③ 安かったのを　買いました。（「の」代替「物」）

（買了便宜的東西。）

（安い）→（過去式，肯定）

2.「形₄」（字典形）或「常體」（普通形）＋「の」

用法：表示強調語氣

例句

① 彼は　車が　欲しいのです。

（他想要車子。）

（欲しい）〈字典形〉

② 王さんは　頭が　良くないのです。

（王先生頭腦不好。）

（良い）→（現在式，否定）

③ 昨日の　映画は　つまらなかったのです。

（昨天的電影沒趣。）

（つまらない）→（過去式，肯定）

④ 夕べの　料理は　美味しくなかったのです。

（昨晚的料理不好吃。）

（美味しい）→（過去式，否定）

 注意

「の」在會話中可轉音成「ん」。例如：

⊙私は　お金が　ないんです。（我沒有錢。）

3. 「形₄」（字典形）或「常體」（普通形）＋「ので」

　　用法：表示原因（因爲～）

　　例句

　　① 故里が　恋しいので、帰国しました。

　　　（因爲懷念故鄉而回國了。）

　　　（恋しい）〈字典形〉

　　② 忙 しくないので、映画を　見に　行きます。

　　　（因爲不忙，所以要去看電影。）

　　　（忙しい）→（現在式，否定）

　　③ 体 が だるかったので、どこへも 行きませんでした。

　　　（因爲覺得身體倦怠，哪裏都沒去。）

　　　（だるい）→（過去式，肯定）

　　④ 先週は　天気が　良くなかったので、

　　　旅行しませんでした。

　　　（上個禮拜因爲天氣不好，沒有去旅行。）

　　　（良い）→（過去式，否定）

注意

「ので」「のに」在鄭重敍述時，前面會出現敬體，但一般場合都是以「常體」（普通形）出現。

4. 「形₄」（字典形）或「常體」（普通形）＋「のに」

　　用法：表示「のに」的前後句出現違反常理的現象（雖然～）

　　例句

　　① 体 が　悪いのに、お酒を　飲んでいる。

　　　（身體不好，卻還在喝酒。）

（悪い）〈字典形〉

② 寒くないのに、厚い 蒲団を　かけます。

（雖然不冷，卻要蓋厚被子。）

（寒い）→（現在式，否定）

③ 昨日、頭が　痛かったのに、仕事を　しました。

（昨天雖然頭痛，還是工作了。）

（痛い）→（過去式，肯定）

④ 昨日の　果物は　美味しくなかったのに、沢山

食べました。

（昨天的水果雖然不好吃，卻吃了很多。）

（美味しい）→（過去式，否定）

 注意

①「ても」、「が」、「けれども」、「のに」都是表示出現違反常理的現象，但「のに」則刻意強調說話者的心情懷有「抱怨、遺憾或疑惑」的語氣。

②「～のに」後接表示「吃驚、不滿、遺憾」等「事實」的句子，所以不能接表示「意志、推測」等句子，如：

（○）テレビは　必要なので、高いけれども　買うつもりだ。

（×）～　　　　　　　高いのに、～

（電視機是必要的，雖然貴，還是想要買。）

第五節　形容詞第 5 變化的用法

形容詞（い形容詞）第 5 變化（以下簡稱為「形₅」）的用法整理如下：

本身用法	接　續		
×	助動詞	助詞	其他
	×	ば	×

形₅的用法只有接助詞—ば。其用法如下：

(一)「形₅」（—けれ）（假定形）＋「ば」

用法 1：表示肯定句的假設（～的話）

例句

① 梨が　美味しければ、買います。

（梨子如果好吃，就買。）

（美味しい）〈字典形〉→ 美味しけれ＋ば

② 天気が　良ければ、山が　見えます。

（天氣好的話，看得見山。）

（良い）（同上）

③ これが　欲しければ、あげます。

（如果想要這個，就給你。）

（欲しい）（同上）

④ 寒ければ、オーバーを　着て 下さい。

（如果冷的話，請穿外套。）

（寒い）（同上）

用法 2：表示前句的條件會導致後句必然的結果（若是～，則……）

例句

① 酸素が　なければ、人間は　生きられません。

（沒有氧氣，人類就無法生存。）

（ない）〈字典形〉→ なけれ＋ば

② 暑ければ、眠く なる。

（天氣熱的話，會想睡覺。）

（暑い）（同上）

用法 3：表示兩種條件並列（既～，且……）

例句

① ここは 気候も 良ければ、景色も 良い。

（這裏氣候又好，景色也怡人。）

（良い）（同上）

② 猿は 手も 長ければ、足も 長い。

（猴子的手長，腳也長。）

（長い）（同上）

③ お祖父さんは 耳も 遠ければ、目も 悪い。

（爺爺的耳朵重聽，眼睛也不好。）

（遠い）（同上）

用法 4：以「形₅＋ば、形₄＋ほど」句型表示（越……越……）

 記憶竅門

同「動詞篇的第五節——用法 4」，請參照。

例句

① ロビーは 広ければ 広いほど 涼しい。

（大廳越寬闊，就越涼爽。）

（広い）（同上）

② 山は 高ければ 高いほど 空気が 薄く なります。

（山越高的話，空氣就越稀薄。）

（高^{たか}い）（同上）

③ オートバイは　速^{はや}ければ　速^{はや}いほど　危険^{き けん}です。

（摩托車越快，就越危險。）

（速^{はや}い）（同上）

注意

①要表示用法 1 的否定句假設時，可用「形₂（一く）＋なければ」句型。例如：

　⊙品質^{ひんしつ}が　良^よくなければ、捨^すてて下^{くだ}さい。

　（品質不好的話，就請丟掉。）

②與用法 3 類似表示條件並列的句型請參照「形₃（字典形）或常體（普通形）・ 敬體（禮貌形）＋し」的注意事項。

③用法 3 的前句要表示否定時，可用「形₂（一く）＋なければ（同用法 1）」句型。例如：

　⊙この　店^{みせ}の　料理は　美味^{お い}しくなければ、値段^{ね だん}も

　安^{やす}くありません。

　（這家店的菜既不好吃，價錢也不便宜。）

い形（形容詞）一い → 一けれ＋ば		
（肯定）高い → 高けれ＋ば		
（否定）高くない → 高くなけれ＋ば		

第六節　形容詞詞幹的用法

　形容詞詞幹的用法整理如下：

本身用法	接　　續		
	助動詞	助詞	其他
名詞形	そうだ 　　　　　（樣態助動詞） そうです	ば	1.動詞（複合動詞） 2.形容詞（複合形容詞） 3.名詞（複合名詞） 4.さ（接尾詞） 5.み（接尾詞） 6.がる（接尾詞） 7.げ（接尾詞） 8.む（接尾詞）

現在分別敘述其用法如下：

（一）「詞幹」的本身用法

1.「名詞形」

用法：詞幹→名詞（僅限於表示顏色及形狀者）

實例

① 赤（紅色）（赤い）　　⑤ 黒（黑色）（黒い）

② 白（白色）（白い）　　⑥ 丸（圓圈）（丸い）

③ 黄色（黃色）（黄色い）　⑦ 四角（方形）（四角い）

④ 青（藍色）（青い）

例句

① 赤が　勝つ。

（紅色會獲勝。）（赤い）

② 黄色の　鞄 は　私のです。

（黃色的皮包是我的。）（黄色い）

③ 川の　水が　黒に　なった。

（河裏的水變黑了。）（黒い）

④ 紙を 四角に 切ります。

（紙切成四角形。）（四角い）

 注意

①由形容詞轉變成名詞形的用法如下：

(1)形₂（ーく）→名詞（詳細請看「形₂（ーく）→名詞」的用法。）

(2)詞幹→名詞（如上述用法）

②也有少數的形容詞以「詞幹」的形態表示「感嘆、知覺」。例如：

a. ああ、痛。

（啊，好痛！）

b. おお、寒。

（哦，好冷！）

㈡ 「詞幹」＋「助動詞」

「詞幹」＋ そうだ（常體）
　　　　　 そうです（敬體）　（樣態助動詞）

用法：表示眼前事物的樣子、狀態（眼看著就要～）

 記憶竅門

可由「～そうだ（樣態助動詞）」聯想其意爲「樣子、狀態」。

例句

① この 池は 浅そうです。

（這池塘好像很淺的樣子。）

（浅い）〈字典形〉→ 浅（詞幹）

② あの 人は 悔しそうだ。

（那個人好像很懊惱的樣子。）

（悔しい）（同上）

③ あの 注射_{ちゅうしゃ}は 痛_{いた}そうだ。

（打那種針好像會痛的樣子。）

（痛_{いた}い）（同上）

④ 大森_{おおもり}さんは 法律_{ほうりつ}に 詳_{くわ}しそうです。

（大森先生好像對法律很清楚。）

（詳_{くわ}しい）（同上）

⑤ 王_{おう}さんは お金_{かね}が なさそうです。

（王先生好像沒有錢的樣子。）

（ない）〈字典形〉→ な＋さ

⑥ 彼_{かれ}は 頭_{あたま}が 良_よさそうです。

（他好像腦筋不錯。）

（良_よい）（同上）

 注意

①形容詞「ない」和「よい」下接「そうだ・そうです」時，詞幹要
　添加一個「さ」，如例句⑤、⑥。

②樣態助動詞「そうだ（常體）・そうです（敬體）」的詞尾變化表如
　下（類似形容動詞）：

1	2	3	4	5
そうだろ	だっ そうで に	そうだ	そうな	そうなら
そうでしょ	そうでし	そうです	そうです	×

其語體、時式舉例如下：

a. この 桃_{もも}は 美味_{おい}しそうだ。

（這桃子好像很好吃的樣子。）（常體肯定句　現在式）

日檢N4、N5合格・文法完全學會

b. この 桃は　美味しそうです。

　（同上。）（敬體肯定句　現在式）※a＝b

c. この 桃は　美味しそうでは ない。

　（這桃子不是很好吃的樣子。）（常體否定句　現在式）

d. この 桃は　美味しそうでは ありません。

　（同上。）（敬體否定句　現在式）※c＝d

e. 昨日の 桃は　美味しそうだった。

　（昨天的桃子好像很好吃的樣子。）（常體肯定句　過去式）

f. 昨日の 桃は　美味しそうでした。

　（同上。）（敬體肯定句　過去式）※e＝f

g. あの 人(ひと)は　美味しそうな　桃を 食べています。

　（那個人正在吃那個好像很好吃的桃子。）（敬體肯定句　進行式

　「連體形」─修飾名詞）

h. あの 人は　美味しそうに　桃を　食べています。

　（那個人好像津津有味地在吃著桃子。）（敬體肯定句　進行式

　「副詞形」─修飾動詞）

③此項用法不能用於「一看就明白」的事情上，如：

　（○）この　荷物(にもつ)は　重(おも)そうです。

　　　　（這行李好像滿重的。）

　（×）この　荷物は　大きそうです。

(三) 「詞幹」＋「其他」

1. 「形容詞詞幹」＋「動詞」→「複合動詞」

　① 軽(かる)すぎる（太輕）→ 軽い → 軽＋過(すぎ)る

　② 近(ちか)寄(よ)る（靠近）→ 近い → 近＋寄る

　③ 長(なが)引(び)く（拖延）→ 長い → 長＋引く

形容詞篇

195

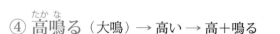

④ 高鳴る（大鳴）→ 高い → 高＋鳴る

2. 「形容詞詞幹」＋「形容詞」→「複合形容詞」

① 薄暗い（微暗的）→ 薄い → 薄＋暗い

② 古くさい（落伍的）→ 古い → 古＋臭い

③ 重苦しい（抑鬱的）→ 重い → 重＋苦しい

④ 細長い（細長的）→ 細い → 細＋長い

3. 「形容詞詞幹」＋「名詞」→「複合名詞」

① 細腕（瘦小的手腕）→ 細い → 細＋腕

② 薄化粧（淡妝）→ 薄い → 薄＋化粧

③ 青空（藍色的天空）→ 青い → 青＋空

④ 赤信号（紅燈）→ 赤い → 赤＋信号

4. 「形容詞詞幹」＋「さ」→「名詞」

實例

① 高さ（高度）（高い）　④ 辛さ（辛苦）（辛い）

② 長さ（長度）（長い）　⑤ 面白さ（趣味）（面白い）

③ 暑さ（暑氣）（暑い）　⑥ 懐かしさ（懐念）（懐かしい）

例句

① その　山の　高さは　どのぐらいですか。

（那座山的高度是多少呢？）

② 夏の　暑さに　慣れました。

（習慣了夏天的暑氣。）

③ 北極で　生活する辛さを　しみじみ　感じた。

（深刻體會在北極生活的辛苦。）

④ 人々は　この　映画の　面白さに　夢中に　なった。

（人人都沉醉於這部電影的趣味中。）

5.「形容詞詞幹」＋「み」→「名詞」

實例

① 暖かみ（暖意）　　② 甘み（甜味）

③ 痛み（痛楚）　　④ 重み（重量）

⑤ 深み（深度）

例句

① あの　人は　暖かみの　ある人です。

（那個人很有溫情。）

② この　ジュースは　甘みが　足りません。

（這果汁甜味不夠。）

③ 歯の　痛みが　止まりました。

（牙齒的痛楚停止了。）

④ その　論文は　深みが　ない。

（那篇論文沒有深度。）

注意

①原則上「詞幹＋さ」是指比較具體的事物，「詞幹＋み」是指比較抽象的事物。

②亦有兼具「詞幹＋さ」或「詞幹＋み」兩種形態的形容詞。例如：

⊙「面白い」、「深い」、「高い」……

6. 「形容詞詞幹」＋「がる」→「動詞（五段動詞形）」

實例

① 面白がる（覺得有趣）　面白い → 面白 ＋ がる

② 寒がる（覺得冷）　寒い → 寒 ＋ がる

③ 嬉しがる（覺得開心）　嬉しい → 嬉し ＋ がる

④ 強がる（表現得很強）　強い → 強 ＋ がる

7. 「形容詞詞幹」＋「げ（形容動詞形）」

例句

① 苦しげに　呻く。

（痛苦似地呻吟。）

（苦しい）→ 苦し＋げ＋に（副詞形）

② 悲しげな 声が　聞こえました。

（聽得到哀傷似的聲音。）

（悲しい）→ 悲し＋げ＋な＋名詞

8. 「形容詞詞幹」＋「む」→「動詞」

例句

① 人生を　楽しむ。

（享受人生。）

（楽しい）→ 楽し＋む（享受）

② 自然に　親しむ。

（融入自然中。）

（親しい）→ 親し＋む（親近）

③ 故里を　懐かしむ。

（懐念故里。）

（懐しい）→ 懐し＋む（懐念）

④ 病気に　苦しむ。

（爲病所苦。）

（苦しい）→ 苦し＋む（覺得痛苦）

三、形容詞的其他重要問題

一、形容詞的「ウ」音便

說話時爲了表示客氣而將形容詞的詞尾音「い」改變成「う」音，例如：

① 寒い　→　お寒うございます。（好冷）

② 暑　→　お暑うございます。（好熱）

但詞尾「い」的前一個音爲「あ」段音時，必需轉成「お」段音，例如：

① 早い　→　おはようございます。（早安）

② ありがたい　→　ありがとうございます。（謝謝）

而詞尾「い」的前面一個音爲「い」段音時，則必需將該「い」段音添加拗音「ゅ」，例如：

① 美味しい　→　美味しゅうございます。

② 大きい　→　大きゅうございます。

二、形容詞的語體、時式

說明：形容詞的詞幹不變，語尾在變，現以「—」表示詞幹，將其「語體（常體・敬體）、時式」列表公式如下：

語體 / 時式	肯定		否定	
	常體 （普通形）	敬體 （禮貌形）	常體 （普通形）	敬體 （禮貌形）
現在式 無時式	―い	―いです	―くない	―くないです ―くありません
過去式	―かった	―かったです	―くなかった	―くなかったです ―くありませんでした

現以「暑い」為例，其詞幹是「暑」，套入公式如下：

語體 / 時式	肯定		否定	
	常體 （普通形）	敬體 （禮貌形）	常體 （普通形）	敬體 （禮貌形）
現在式 無時式	暑い	暑いです	暑くない	暑く ないです 暑く ありません
過去式	暑かった	暑かったです	暑くなかった	暑く なかったです 暑く ありませんでした

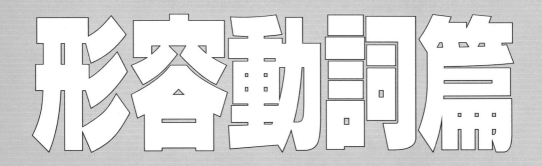

形容動詞篇

一、形容動詞的特徵

形容動詞（な形容詞）和形容詞（い形容詞）一樣，都是在形容主語的內容性質或狀態，其詞幹（字典中以此形態出現）不會有變化，只有詞尾有變化，在此先敘述詞幹的類型：

1.「和語」型：好き（喜歡）、静か（安靜）、下手（笨拙）……

2.「漢語」型：親切（親切）、簡単（簡單）、不自然（不自然）……

3.「外來語」型：ハンサム（英俊）〈handsome〉、オープン（開放）〈open〉、オーバー（超越）〈over〉……

4.「各詞語＋的」型：個人的（個人的）、客観的（客觀的）

而其詞尾變化有 5 種，現以「—」表示詞幹，表列公式如下：

1	2	3	4	5
—だろ	—だっ —で —に	—だ	—な	—なら

以詞幹「親切」為例，套入公式如下：

1	2	3	4	5
親切だろ	親切だっ 親切で 親切に	親切だ	親切な	親切なら

二、形容動詞各種變化的用法

第一節　形容動詞（な形容詞）第 1 變化的用法

本身用法	接　　　續		
×	助動詞	助詞	其他
	う（意量助動詞）	×	×

　　形容動詞（な形容詞）第 1 變化（以下簡稱為「形動₁」）只有一個用法，即接續助動詞「う」（表示推測），其用法如下：

㈠「形動₁」（—だろ）＋「う」

　　用法：表示常體「推測」（未來式、現在式、無時式）（～吧）

例句

① 彼女は　奇麗だろう。
かのじょ　　き れい

　　（她長得漂亮吧！）

② 図書館は　静かだろう。
としょかん　　しず

　　（圖書館安靜吧！）

③ 生活は　不安だろう。
せいかつ　　ふ あん

　　（擔心生活吧！）

④ 先生の　説明は　不十分だろう。
せんせい　　せつめい　　ふ じゅうぶん

　　（老師的說明不充分吧！）

 注意

　①此項用法要表示敬體時，則用「形容動詞（な形容詞）詞幹＋でしょう」句型，例如：

　　「安全だろう」→「安全でしょう」（安全吧！）
　　あんぜん

　②各時式表示「推測」時，可用「常體（普通形）＋だろう」〔常體（普

205

通形）部分請參照第三章〕句型表示（形動₃則不需要詞尾的「だ」，
如下列例句①）。

a. 市場は　賑やかだろう。

（市場熱鬧吧！）

b. 市場は　賑やかではないだろう。

（市場不熱鬧吧！）

c. 市場は　昨日　賑やかだっただろう。

（市場昨天熱鬧吧！）

d. 市場は　昨日　賑やかではなかっただろう。

（市場昨天不熱鬧吧！）

第二節　形容動詞第 2 變化的用法

　　形容動詞（な形容詞）第 2 變化（以下簡稱爲「形動₂」）有 3 個，
其個別用法整理如下：

「―だっ」的用法

本身用法	接　　續		
×	助動詞	助詞	其他
	た（過去・完了助動詞）	たり	×

「―で」的用法

本身用法	接　　續		
中止形	助動詞	助詞	其他
	×	も は	ない

「―に」的用法

本身用法	接　　續		
副詞形	助動詞	助詞	其他
	×	×	×

現在分別敘述「形動₂」的用法如下：

㈠ 「形動₂」（—たっ）＋助動詞

1. 「形動₂」（—だっ）＋「た」

用法：表示常體肯定句（過去式）

例句

① 昨日は　静かだった。
　　しず

　　（昨天是安靜的。）

② 以前、ここは　交通が　不便だった。
　　い ぜん　　　　こうつう　　ふ べん

　　（以前這裏交通不方便。）

③ 先週の　試験は　簡単だった。
　　せんしゅう　し けん　かんたん

　　（上個禮拜的考試很簡單。）

④ 昔の　生活は　豊かだった。
　　むかし　せいかつ　ゆた

　　（以前的生活富裕。）

 注意

①「た」稱爲「過去・完了」助動詞，詞尾變化如下：

1	2	3	4	5
たろ	×	た	た	たら

②此項用法若要表示「敬體」時，可用「形容動詞詞幹 ＋ でした」句型。例如：

⊙ 丈夫だった → 丈夫でした。
　じょう ぶ

③「です」的變化表如下：

1	2	3	4	5
でしょ	でし	です	です	×

2. 「形動₂」（—だっ）＋「たら」

　　用法：表示肯定的假設（如果～的話）

例句

① 静_{しず}かだったら、勉 強_{べんきょう} できます。

　（如果安靜的話，就能讀書。）

② 農 業_{のうぎょう} が 盛_{さか}んだったら、食 糧 問題_{しょくりょうもんだい}は 解決_{かいけつ}できる。

　（農業興盛的話，糧食問題就可解決。）

③ あの 人_{ひと}が 正 常_{せいじょう} だったら、付_つき合_あいます。

　（他要是正常的話，我就和他交往。）

④ 色_{いろ}が 鮮明_{せんめい}だったら、買_かうでしょう。

　（顏色如果鮮明的話，會買吧！）

注意

此項用法要表示「敬體」（禮貌形）時，用「詞幹＋でし＋たら」句型，
例如：

　　便利_{べんり}だったら → 便利でしたら

㈡ 「形動₂」（—だっ）＋助詞

1. 「形動₂」（—だっ）＋「たり」

　　用法：表示列舉分散性的狀態（有時～，有時……）

例句

① 交通_{こうつう}は 便利_{べんり}だったり、不便_{ふべん}だったりだ。

　（交通有時方便，有時不方便。）

② 入 学試 験_{にゅうがくしけん}は 簡単_{かんたん}だったり、難_{むずか}しかったり する。

　（入學考試有時簡單，有時困難。）

③ 林さんは　親切だったり、冷たかったりです。

（林先生有時親切，有時冷淡。）

④ 気持ちは　愉快だったり、不愉快だったりします。

（心情有時愉快，有時不愉快。）

注意

①此項用法句尾可用「だ」或「する」結尾，且由此決定句子的「語體（常體・敬體）和時式」。

②此項用法也可與「形容詞」並用，如例句②③。

③此項用法表示「否定」時，用「詞幹＋でなかったり」句型，例如：

⊙ここは　賑やかでなかったり、賑やかだったりです。

（這裏有時不熱鬧，有時熱鬧。）

（三）「形動₂」（―で）的本身用法

1.「中止形」

用法 1：表示對同一主語的內容做連續性的敘述

例句

① あの　人は　奇麗で、頭が　いい。

（那個人長得既漂亮，腦筋又好。）

② 東京は　賑やかで、人が　多いです。

（東京既熱鬧，人又多。）

③ 石田さんは　親切で、ハンサムでした。

（石田先生既親切，又長得英俊。）

用法 2：表示對比性的敘述

例句

① ここは　静<ruby>か<rt>しず</rt></ruby>かで、そこは　<ruby>賑<rt>にぎ</rt></ruby>やかです。

（這裏安靜，而那裏熱鬧。）

② <ruby>松田<rt>まつだ</rt></ruby>さんは　<ruby>真面目<rt>まじめ</rt></ruby>で、<ruby>山田<rt>やまだ</rt></ruby>さんは　<ruby>不<rt>ふ</rt></ruby>真面目です。

（松田先生是認眞的，而山田先生是不認眞的。）

③ この <ruby>建物<rt>たてもの</rt></ruby>は　<ruby>立派<rt>りっぱ</rt></ruby>で、その　建物は

立派ではありません。

（這棟建築物很氣派，而那棟建築物不氣派。）

用法 3：表示原因（因爲～）

例句

① <ruby>川<rt>かわ</rt></ruby>が　<ruby>穏<rt>おだ</rt></ruby>やかで、<ruby>乗<rt>の</rt></ruby>り<ruby>心地<rt>ごこち</rt></ruby>が　いい。

（因爲河川平穩，所以搭船的感覺舒適。）

② <ruby>彼<rt>かれ</rt></ruby>の　<ruby>運転<rt>うんてん</rt></ruby>は　<ruby>上手<rt>じょうず</rt></ruby>で、<ruby>安心<rt>あんしん</rt></ruby>です。

（他的開車技術高明，所以放心。）

③ <ruby>教室<rt>きょうしつ</rt></ruby>は　<ruby>清潔<rt>せいけつ</rt></ruby>で、<ruby>気<rt>き</rt></ruby><ruby>持<rt>も</rt></ruby>ちが　いい。

（教室清潔，所以感覺很好。）

注意

①「中止形」的「語體（常體・敬體）和時式」由「句尾」決定，如
　上述用法 1 中的例 ① 爲常體（普通形），例 ② 爲敬體（禮貌形）。

②用法 3 的後句不接有「主觀語氣的句子」（可參考「形動₃＋ と」的
　注意事項），此時可以「から」來取代，例如：

　（×）彼の 運転は　上手で、安心して下さい。

　（○）彼の 運転は　上手だから、安心して下さい。

㈣ 「形動₂」（―で）＋助詞

1. 「形動₂」（―で）＋「も」

用法：表示「でも」的前後句出現違反常理的現象（即使～）

例句

① 花が　奇麗でも　買いません。
はな　　きれい　　　　か

（即使花漂亮，也不買。）

② ここは　有名でも　人が　来ません。
　　　　　ゆうめい　　ひと　　き

（即使這裏有名氣，也沒有人來。）

③ 戦争は　残酷でも　よく　起こります。
せんそう　ざんこく　　　　　お

（戰爭雖然殘酷，卻也經常發生。）

④ 犬が　嫌いでも　飼います。
いぬ　　きら　　　　か

（雖然討厭狗，卻還是養狗。）

2. 「形動₂」（―で）＋「は」

用法：表示「では」的前句條件會導致後句不好的結果

例句

① 運転が　下手では　危ない。
うんてん　へ た　　　あぶ

（開車技術不好的話，會有危險。）

② 試験が　困難では　困ります。
し けん　こんなん　　こま

（考試如果困難的話，就很傷腦筋。）

③ 茶碗が　不潔では　下痢しますよ。
ちゃわん　ふ けつ　　げ り

（碗不乾淨的話，會拉肚子哦！）

形容動詞篇

211

㈤ 「形動₂」（―で）＋其他

1. 「形動₂」（―で）＋「ない」

用法：表示常體否定句（現在式、無時式）

例句

① 彼は　正直では ない。

（他不老實。）

② あの　人は　利口では ない。

（那個人不聰明。）

③ 彼の　英語は　達者では ない。

（他並不精通英文。）

④ この　時計は　確かでは ない。

（這時鐘不準。）

注意

①要表達「敬體」（禮貌形）時，可用「本句型＋です」或「詞幹＋
ではありません」句型，例如：

⊙活発では ない → 　活発では ないです。
　（不活潑）　　　　　活発では ありません。

②本句型若是出現在句尾時，習慣上（―で）後面會加上「は」。例如：
⊙奇麗では　ない。
⊙奇麗では　なかった。

2. 「形動₂」（―で）＋「なかった」

用法：表示常體否定句（過去式）

例句

① 彼は 子供の 頃 活発では なかった。

（他小時候並不活潑。）

② あの 人は 少年の 頃 利口では なかった。

（那個人在少年時並不聰明。）

③ 学生時代、英語が 達者では なかった。

（學生時代的英文並不熟練。）

④ 先週、この 時計は 確かでは なかった。

（上個禮拜，這個鐘並不準確。）

 注意

若要表達「敬體（禮貌形）」時，可用「本句型＋です」或「詞幹＋ではありませんでした」句型。例如：

⊙偉大では なかった → 偉大では なかったです。

（不偉大）　　　　　→ 偉大では ありませんでした。

3. 「形動₂」（—で）＋「なかったら」

用法：表示否定的假設（如果不～的話）

 例句

① 教室が 静かでなかったら、勉強が できません。

（如果教室不安静的話，就不能讀書。）

② 説明が 簡単でなかったら、分からないでしょう。

（說明如果不簡單扼要的話，會不懂吧！）

③ ホテルが 豪華でなかったら、予約しません。

（如果飯店不豪華的話，就不預約。）

形容動詞篇

4. 「形動₂」（—で）+「なく」

用法 1：對同一主語做連續性的否定敘述（不～）

例句

① この 店は 奇麗でなく、値段も 高いです。
（這家店不乾淨，價錢又貴。）

② あの 人は 几帳面でなく、頭も 良くない。
（那個人不認眞，頭腦又不好。）

③ この 野菜は 新鮮でなく、色も 悪いです。
（這蔬菜既不新鮮，色澤也不好。）

用法 2：對兩個不同主語做對比性的敘述

例句

① これは 有名でなく、あれは 有名です。
（這個沒有名氣，而那個很有名氣。）

② 王さんは 親切でなく、陳さんは 親切です。
（王先生不親切，而陳先生親切。）

 注意

此項用法是否定敘述的「中止形」。同下列句型的用法 1、2。

5. 「形動₂」（—で）+「なくて」

用法 1：對同一主語做連續性的否定敘述（不～）

例句

① この 店は 奇麗でなくて、値段も 高いです。
（這家店不乾淨，價錢又貴。）

② あの　人は　几帳面でなくて、頭も　良くない。
（那個人不認眞，頭腦又不好。）

③ この　野菜は　新鮮でなくて、色も　悪いです。
（這蔬菜既不新鮮，色澤也不好。）

用法 2：對兩個不同主語做對比性的敘述

例句

① これは　有名でなくて、あれは　有名です。
（這個沒有名氣，而那個很有名氣。）

② 王さんは　親切でなくて、陳さんは　親切です。
（王先生不親切，而陳先生親切。）

用法 3：表示原因（因爲～）

例句

① 家は　静かでなくて、勉強が　できません。
（家裏因爲不安靜，所以不能讀書。）

② 彼は　積極的でなくて、ついに　失敗した。
（他不積極，所以終於失敗了。）

注意

①此項用法也是否定敘述的「中止形」。
②此項用法的「語體（常體・敬體）與時式」由「句尾」決定，如用法 1 之例句①③爲「敬體」（禮貌形）句子，②爲「常體」（普通形）句子。
③以上用法 3 的後句不接具有「主觀意識的句子」，請參考形動₂（—で）的「中止形」注意事項。

215

6. 「形動₂」（―で）+「なくても」

　　用法：表示前後句出現違反常理的現象（既使不〜）

　　例句

　① 魚が　新鮮でなくても　買います。

　　（就算魚不新鮮，也要買。）

　② 湖が　穏やかでなくても　泳ぎに　行きます。

　　（即使湖水不穩定，也要去游泳。）

　③ 花が　奇麗でなくても　よく　売れます。

　　（雖然花不漂亮，卻賣得不錯。）

7. 「形動₂」（―で）+「なくては」

　　用法：表示「ては」的前句條件會導致後句不好的結果

　　例句

　① 運転が　上手でなくては、危険だよ。

　　（開車技術如果不高明的話，危險哦！）

　② 料理が　新鮮でなくては、お腹を　壊しますよ。

　　（菜如果不新鮮的話，會吃壞肚子哦！）

　③ 辺りが　静寂でなくては、彼は　寝れないでしょう。

　　（如果四周不安靜的話，他會睡不著吧！）

㈥　「形動₂」（―に）的本身用法

　1.「副詞形」

　　用法：以「副詞形」（―に）態修飾後面的「動詞」等

例句

① 十分に 勉強 します。
修飾
（非常用功。）

② 花が 奇麗に 咲いています。
（花開得很漂亮。）

③ 体が 丈夫に なる。
（身體變強壯。）

④ 飛行機は 安全に 着陸した。
（飛機安全地降落了。）

⑤ この 問題は 円満に 解決しました。
（這個問題圓滿地解決了。）

⑥ 試験は 意外に 易しい。
（考試出乎意料之外的簡單。）

⑦ ドアは 自動的に 開閉します。
（門自動開關。）

⑧ 徹底的に 話す。
（徹底地說。）

⑨ 犬は 敏感に 反応します。
（狗靈敏地反應。）

⑩ 無事<small>ぶじ</small>に 帰国<small>きこく</small>しました。

（平安回國了。）

 注意

> 此副詞形修飾動詞時，並不一定緊接在動詞前面，例如：
>
> ⊙正確<small>せいかく</small>に 数字<small>すうじ</small>を 黒板<small>こくばん</small>に 書<small>か</small>きました。
>
> （正確地把數字寫在黑板上。）

第三節　形容動詞第 3 變化的用法

　　形容動詞第 3 變化（字典形）（以下簡稱爲「形動₃」）的用法整理如下：

本身用法	接　　續		
	助動詞	助詞	其他
終止形 （字典形）	そうだ そうです （傳聞助動詞）	1.と 2.が（けれども） 3.から 4.し 5.と（格助詞）	×

　　現在分別敘述「形動₃」的用法如下：

㈠ 「形動₃」（—だ）的本身用法

　1.「終止形」（辞書形 → 字典形）

　　用法：表示常體肯定（未來式、現在式、無時式）

　　例句

① 難民<small>なんみん</small>の 生活<small>せいかつ</small>は 悲惨<small>ひさん</small>だ。

（難民的生活是悲慘的。）

② こんな　事は　愚かだ。

（這種事情眞是愚蠢。）

③ 中国人は　勤勉だ。

（中國人是勤勞的。）

④ 話しが　下品だ。

（說話下流。）

⑤ 生活は　不自由だ。

（生活不方便。）

⑥ この　文章は　個人的だ。

（這篇文章富有個性。）

 注意

> 表示「敬體」（禮貌形）時，則用「詞幹＋です」，例如：
> ⊙「健康だ」→「健康です」

(二)「形動₃」（—だ）＋「助動詞」

1.「形動₃」（字典形）或「常體」（普通形）＋ そうだ（常體）
そうです（敬體）

（傳聞助動詞）

用法：表示「聽說、傳說～」

例句

① 彼女は　奇麗だそうです。

（聽說她長得漂亮。）

〈字典形〉

219

② そこは　<ruby>危険<rt>きけん</rt></ruby>ではないそうです。

（據說那裏並不危險。）

（危険だ）→（現在式，否定）

③ <ruby>昨日<rt>きのう</rt></ruby>の　<ruby>大会<rt>たいかい</rt></ruby>は　<ruby>荘厳<rt>そうごん</rt></ruby>だったそうです。

（聽說昨天的大會莊嚴隆重。）

（荘厳だ）→（過去式，肯定）

④ <ruby>子供<rt>こども</rt></ruby>の ころ、<ruby>元気<rt>げんき</rt></ruby>ではなかったそうです。

（據說小時候身體並不好。）

（元気だ）→（過去式，否定）

 注意

「常體」（普通形）請參考第三章。

(三)　「形動₃」（―だ）+「助詞」

1.　「形動₃」（字典形）+「と」

用法 1：表示假設（如果～的話）

例句

① <ruby>教室<rt>きょうしつ</rt></ruby>が　<ruby>静<rt>しず</rt></ruby>かだと、<ruby>勉強<rt>べんきょう</rt></ruby>が　できます。

（教室安靜的話，就能讀書。）

② <ruby>説明<rt>せつめい</rt></ruby>が　<ruby>簡単<rt>かんたん</rt></ruby>だと、<ruby>分<rt>わ</rt></ruby>かりやすい。

（說明如果簡單的話，就容易懂。）

③ <ruby>風<rt>かぜ</rt></ruby>が　<ruby>爽<rt>さわ</rt></ruby>やかだと、<ruby>気<rt>き</rt></ruby><ruby>持<rt>も</rt></ruby>ちが　いい。

（風如果清爽的話，身體就會舒服。）

用法 2：表示前句的條件導致後句必然的結果（若是～，則……）

例句

① <ruby>世界<rt>せ かい</rt></ruby>が <u><ruby>平和<rt>へい わ</rt></ruby>だ</u>と、<ruby>人民<rt>じんみん</rt></ruby>の <ruby>生活<rt>せいかつ</rt></ruby>も <ruby>楽<rt>らく</rt></ruby>に なります。

（世界和平，則人民生活安樂。）

② <ruby>花<rt>はな</rt></ruby>が <u><ruby>奇麗<rt>き れい</rt></ruby>だ</u>と、<ruby>人々<rt>ひとびと</rt></ruby>が <ruby>花見<rt>はな み</rt></ruby>に <ruby>行<rt>い</rt></ruby>きます。

（花長得漂亮，就有很多人去賞花。）

③ <ruby>気候<rt>き こう</rt></ruby>が <u><ruby>温和<rt>おん わ</rt></ruby>だ</u>と、<ruby>人口<rt>じんこう</rt></ruby>が <ruby>多<rt>おお</rt></ruby>く なる。

（氣候溫和，則人口會變多。）

 注意

①此項用法中的後句不接有請求（……て <ruby>下<rt>くだ</rt></ruby>さい）、命令（……なさい）、勸誘（……ましょう）、允許（……ても いい）、禁止（……てはいけません）、意志（……う・よう）、勸告（……ほうが いい）、想法（……と <ruby>思<rt>おも</rt></ruby>う）等主觀語氣的句子。例如：

（×）暇だと、掃除して 下さい。

此時可改用「形動₂（―だっ）＋たら」句型。

例如：

◎<ruby>暇<rt>ひま</rt></ruby>だったら、<ruby>掃除<rt>そう じ</rt></ruby>して <ruby>下<rt>くだ</rt></ruby>さい。

（如果有空的話，請打掃。）

②以上用法的前句要表示「否定」時，可用「詞幹＋でない＋と」句型。例如：

◎<ruby>服<rt>ふく</rt></ruby>が <ruby>派手<rt>は で</rt></ruby>でないと <ruby>着<rt>き</rt></ruby>ません。

（衣服如果不華麗就不穿。）

2.「形動₃」（字典形）或「常體」（普通形）・「敬體」（禮貌形）＋「が（けれども）」

用法 1：「が」用來連接前後句，表示出現違反常理的現象（雖然～）

例句

① 日本料理が 好きですが、あまり 食べません。

（雖然喜歡日本料理，卻不常吃。）

（現在式，肯定）

② 野菜が 新鮮では ない（です）が、沢山

買います。

（雖然蔬菜不新鮮，不過還是要買很多。）

（現在式，否定）

③ 英語は 苦手だったが、留学試験に 合格した。

（英文雖然不好，不過還是通過了留學考試。）

（過去式，肯定）

④ 昨日は 静かでは なかったですが、よく

眠れました。

（昨天雖然不安靜，不過還是睡得不錯。）

（過去式，否定）

用法 2：「が」用來連接前後句，表示展開話題或緩和語氣

例句

① この 子供は 利口ですが、どこの 家の 子ですか。

（這小孩挺聰明的，是誰家的孩子呢？）

（利口だ）〈字典形〉→ 利口です（敬體）

② 残念ですが、私は 行けません。

（真是遺憾，我沒辦法去。）

（残念だ）（同上）

③ <u>生憎ですが</u>、母は　留守です。

（很不湊巧的，我母親不在家。）

（生憎だ）（同上）

用法 3：「が」用來連接前後句，表示條件並列（既～，且……）

例句

① 彼は　日本語も　下手だが、英語も　駄目です。

（他不僅日語不好，英語也不行。）

〈字典形〉

② 彼女は　犬も　<u>好きでは ない</u>が、猫も　嫌いです。

（她不喜歡狗，也討厭貓。）

（現在式，否定）

③ あの 人は　高校生の　時、体も　丈夫だったが、
成績も　良かったです。

（那個人高中時，身體又好，成績也不錯。）

（過去式，肯定）

④ 昔、ここは　交通も　<u>便利では なかった</u>が、
商業も　発展しませんでした。

（以前這裏交通不方便，商業也不發達。）

（過去式，否定）

用法 4：「が」用來連接前後句，表示相對的敘述

例句

① 都市は　賑やかだが、田舎は　静かだ。

（都市是熱鬧的，而鄉下是安靜的。）

〈字典形〉

② これは　便利ではないが、それは　便利だ。

（這個不方便，而那個是方便的。）

（現在式，否定）

③ 昨日は　静かだったが、今日は　賑やかだ。

（昨天是安靜的，而今天是熱鬧的。）

（過去式，肯定）

④ 昔は　この　小説は　有名で　はなかったが、今は　有名だ。

（以前這部小說沒有名氣，而現在是有名的。）

（過去式，否定）

3. 「形動₃」（字典形）或「常體」（普通形）・「敬體」（禮貌形）+「から」

用法：表示原因（因為～）

例句

① これは　有毒だから、食べないで　下さい。

（因為這個有毒，所以請不要吃。）

〈字典形〉

② あの　店は　清潔ではない（です）から、そこで、食事を　しない方が　いい。

（因為那家店不乾淨，所以最好不要在那裏用餐。）

（現在式，否定）

③ 成績が　優秀だったから、東京大学に　入れました。

（因爲成績優秀，所以能進東京大學。）

（過去式，肯定）

④ 昔、交通が　便利ではなかったから、旅行は
不便でした。

（以前因爲交通不方便，所以不方便旅行。）

（過去式，否定）

 注意

> 表示原因的句子並不一定放在前句，例如：
>
> ここに　人が　少ないのは　交通が　不便だからです。
>
> （這裏人少，是因爲交通不方便。）

4. 「形動₃」（字典形）或「常體」（普通形）‧「敬體」（禮貌形）+「し」

用法 1：表示條件的並列（既～，且……）

例句

① 彼は　日本語も　下手だし、英語も　駄目です。

（他日語不好，英語也不行。）

〈字典形〉

② 彼女は　犬も　好きでは ないし、猫も　嫌いです。

（她既不喜歡狗，也討厭貓。）

（現在式，否定）

形容動詞篇

③ あの 人_{ひと}は 高校生_{こうこうせい}の 時_{とき}、体_{からだ}も 丈夫_{じょうぶ}だったし、
成績_{せいせき}も 良_よかったです。

（那個人高中時，身體又好，成績也不錯。）

（過去式，肯定）

④ 昔_{むかし}、ここは 交通_{こうつう}も 便利_{べんり}では なかったし、
商業_{しょうぎょう}も 発展_{はってん}しませんでした。

（以前這裏交通不方便，商業也不發達。）

（過去式，否定）

用法 2：表示原因（因爲～）

例句

① 真面目_{まじめ}だし、優秀_{ゆうしゅう}だし、彼_{かれ}に この 仕事_{しごと}を
頼_{たの}みます。

（他既認眞又優秀，所以委託他這件工作。）

〈字典形〉

② 店_{みせ}も 奇麗_{きれい}だし、人_{ひと}も 親切_{しんせつ}だし、この 店_{みせ}で
買物_{かいもの}します。

（店既乾淨，人又親切，所以在這家店購物。）

〈字典形〉

 注意

用法 1 中的例句①表示「條件並列」的句型整理如下：

a. a も……し、b も……。

→ 彼_{かれ}は 日本語_{にほんご}も 下手_{へた}だし、英語_{えいご}も 駄目_{だめ}です。

b. a も……が、b も……。

　　→ 彼は 日本語も 下手<u>だが</u>、英語も　駄目です。

c. a も……けれども、b も……。

　　→ 彼は 日本語も 下手<u>だけれども</u>、英語も　駄目です。

d. a も……ば、b も……。

　　→ 彼は 日本語も 下手<u>ならば</u>、英語も　駄目です。

e. a も……で、b も……。

　　→ 彼は 日本語も <u>下手で</u>、英語も　駄目です。

5. 「形動₃」（字典形）或「常體」（普通形）＋と＋思う

　　用法：表示 1、2 人稱的想法、看法（想～：覺得～）

例句

① あの 少女は　純情だと　思います。

（我想那個少女是純情的。）

〈字典形〉

② この 問題は　深刻では ないと　思う。

（我想這個問題並不嚴重。）

（現在式，否定）

③ 昔、ここは　危険だったと　思います。

（我想以前這裏是危險的。）

（過去式）

④ 昨日、あの 子の 発音は　正確では なかったと　思う。

（我想，昨天那孩子的發音並不正確。）

（過去式，否定）

第四節　形容動詞第 4 變化的用法

形容動詞第 4 變化（以下簡稱爲「形動₄」）的用法整理如下：

本身用法	接　　續			
	助動詞		助詞	其他
連體形 （―な）	ようだ ようです　　（比況助動詞）		の ので のに	×

現在分別敘述「形動₄」的用法如下：

㈠「形動₄」（―な）的本身用法

連體形（連接名詞的形態）

1.「形動₄」或「常體」（普通形）＋「名詞」

用法：表示修飾名詞

例句

① 奇麗な　女
　　きれい　おんな
　　└──→
　　　修飾
（漂亮的女人。）

（―な＋名詞）

② 不思議な　こと
　　ふしぎ
　　└──→
（不可思議的事情。）

（同上）

③ 致命的な　打撃を　受けます。
　　ちめいてき　だげき　う
　　└──→
（將受到致命的打擊。）

（同上）

④ <ruby>勇敢<rt>ゆうかん</rt></ruby>でない <ruby>青年<rt>せいねん</rt></ruby>

（不勇敢的青年。）

（現在式，否定）

⑤ <ruby>交通<rt>こうつう</rt></ruby>が <ruby>便利<rt>べんり</rt></ruby>だった <ruby>時代<rt>じだい</rt></ruby>

（交通便利的時代）。

（過去式）

 注意

> 形動₃（字典形）（―だ）雖是「常體」（普通形），但不可修飾名詞。
> 例如：
> （×）奇麗だ　女

2.「形動₄」（―だ）或「常體」（普通形）+「はずです」

用法：表示按照常理的推斷（應該是～）

例句

① <ruby>彼<rt>かれ</rt></ruby>は <ruby>英語<rt>えいご</rt></ruby>が <ruby>上手<rt>じょうず</rt></ruby>な はずです。

（他的英文應該不錯。）

（―だ）

② そこは <ruby>賑<rt>にぎ</rt></ruby>やかでは ない はずです。

（那裏應該不熱鬧。）

（現在式，否定）

③ <ruby>昔<rt>むかし</rt></ruby>、あの <ruby>人<rt>ひと</rt></ruby>は <ruby>野蛮<rt>やばん</rt></ruby>だった はずです。

（那個人以前應該是野蠻的。）

（過去式）

④ 昨日の　海は　穏やかでは　なかった　はずです。

（昨天的海應該不穩定。）

（過去式，否定）

注意

> 表示否定時，可用「……はずは ないです」或「……はずは ありません」，例如：
>
> ⊙そこは　危険な はずは ありません。
>
> （那裏應該不危險。）

（二）「形動₄」（－な）＋助動詞

> 「形動₄」（－な）或「常體」（普通形）＋ ようだ（常體）
> ようです（敬體）
>
> （比況助動詞）

用法：表示推測（好像～）

例句

① あの 子は　内気なようです。

（那孩子好像很內向。）

（－な）

② あの 歌は　低俗では ないようです。

（那首歌好像並不庸俗。）

（現在式，否定）

③ あの 人は　若い 頃、体が　丈夫だったようです。

（那個人年輕的時候，好像身體很健壯）

（過去式）

230

④ 昨日の　テストは　簡単では　なかったようです。

（昨天的考試好像並不簡單。）

（過去式，否定）

(三)「形動₄」（一な）＋助詞

1.「形動₄」（一な）或「常體」（普通形）＋「の」

用法：表示代替名詞

例句

① 食べ物の　中で、一番　好きなのは　果物です。

（食物中，最喜歡的是水果。）

（一な）

② 新鮮でないのを　買わないで　下さい。

（請不要買不新鮮的。）

（現在式，否定）

③ 中学生の　時、一番　体が　丈夫だったのは
木村さんです。

（中學時代，身體最強壯的就是木村先生。）

（過去式）

④ 以前、交通が　便利では　なかったのは　この町です。

（以前交通不方便的，就是這個城鎮。）

（過去式，否定）

2.「形動₄」（一な）或「常體」（普通形）＋「の」

用法：表示強調語氣

例句

① 私は 馬が 好きなのだ。

（我喜歡馬。）

（―な）

② その 話は 有益では ないのです。

（那些話並沒有益處。）

（現在式，否定）

③ 昨日の 大学入試は 簡単だったのです。

（昨天的大學入學考試是簡單的。）

（過去式）

④ あの 人は 青年の 時、親孝行では なかったのです。

（那個人年輕時並不孝順父母。）

（過去式，否定）

 注意

此項用法的「の」在會話中可轉音成「ん」，例如：
⊙私は 馬が 好きなんだ。
（我喜歡馬。）

3.「形動₄」（―な）或「常體」（普通形）+「ので」

用法：表示原因（因為～）

例句

① 彼が 有名なので、誰でも 知って います。

（因為他很有名，大家都知道。）

（―な）

② 高級ではないので、この鞄は 安いです。

（因爲不高級，所以這皮包是便宜的。）

（現在式，否定）

③ 若い頃、貧乏だったので、生活が
苦しかったです。

（年輕時因爲家裏窮，生活困苦。）

（過去式）

④ 昨日、元気では なかったので、学校を
休みました。

（昨天因爲精神不好，所以沒有去學校。）

（過去式，否定）

🐟 注意

在此項用法中，「形動₃」（字典形）雖是「常體」（普通形），但不能接
「ので」。例如：

（×）ここは 静かだので、勉強できます。

4. 「形動₄」（―な）或「常體」（普通形）＋「のに」

用法：表示「のに」的前後句出現違反常理的現象（雖然～）

例句

① 日本料理が 好きなのに、あまり 食べません。

（雖然喜歡日本料理，卻並不常吃。）

（―な）

② そこは 交通が 便利では ないのに、商業が
盛んです。

（那裏交通雖然不方便，商業卻很繁盛。）

形容動詞篇

233

（現在式，否定）

③ 英語_{えいご}は　苦手_{にがて}だったのに、留_{りゅう}学試験_{がくしけん}に

合格_{ごうかく}しました。

（英文雖然不行，卻通過了留學考試。）

（過去式）

④ 昨日_{きのう}は　静_{しず}かでは　なかったのに、よく　眠_{ねむ}れました。

（昨天雖然不安靜，不過睡得還不錯。）

（過去式，否定）

 注意

在此項用法中，雖然「形動₃」（字典形）是常體，但不能用來接「のに」，例如：

（×）日本料理_{にほんりょうり}が　好_すきだのに、あまり　食_たべません。

第五節　形容動詞第 5 變化的用法

形容動詞（な形容詞）第 5 變化（以下簡稱為「形動₅」）的用法整理如下：

本身用法	接　續		
	助動詞	助詞	其他
×	×	ば	×

「形動₅」的用法只有接續助詞──「ば」。其用法如下：

㈠「形動₅」（─なら）（假定形）＋「ば」

用法 1：表示肯定句的假設（～的話）

例句

① 魚_{さかな}が　好_すきなら（ば）、買_かって　下_{くだ}さい。

（如果喜歡魚，就請買。）

② 公園が　静かなら（ば）、散歩に　行きましょう。

（公園如果安靜的話，就去散步吧！）

③ 庭が　清潔なら（ば）、掃除しなくても　いい。

（庭院如果乾淨的話，不打掃也沒關係。）

な形（形容動詞）―だ → ―なら（ば）
（肯定）元気だ → 元気なら（ば）
（否定）元気ではない → 元気でなければ

用法 2：表示前句的條件會導致後句必然的結果（若是～，則……）

例句

① 世界が　平和なら（ば）、人民の　生活が　楽に
なります。

（世界和平則人民生活安樂。）

② 花が　奇麗なら（ば）、人々が　花見に　行きます。

（花漂亮就有很多人去賞花。）

③ 気候が　温和なら（ば）、人口が　多く　なる。

（氣候溫和則人口會變多。）

用法 3：表示條件並列（既～，且……）

例句

① 交通も　便利なら（ば）、町も　奇麗です。

（交通方便，城鎮也漂亮。）

② 彼は　ダンスも　駄目なら（ば）、歌も　下手です。

（他跳舞不行，歌唱也不好。）

③ 彼女は　犬も　好きなら（ば）、猫も　好きです。

（她喜歡狗也喜歡貓。）

注意

①以上用法的「ば」，經常省略。

②與用法 1 同樣表示假設的句型，尚可用「常體（普通形）＋ なら」
句型。例如：

　a. ジュースが　純粋^{じゅんすい}でないなら、飲^のみません。

　　（現在式、否定句）

　　（果汁如果不純的話，就不喝。）

　b. 昨日、町^{まち}が　賑^{にぎ}やかだったなら、今日も　賑やかでしょう。

　　（過去式、肯定句）

　　（如果昨天城鎮熱鬧的話，今天也熱鬧吧！）

　c. 行動^{こうどう}が　自由^{じゆう}でなかったなら、死んだ方^{ほう}が　いい。

　　（過去式、否定句）

　　（行動如果不自由的話，寧願死。）

③與用法 3 類似表示條件並列的句型，整理於「形動₃（字典形）或常
體（普通形）・敬體（禮貌形）＋し」的用法中，請參照。

第六節　形容動詞詞幹的用法

形容動詞（な形容詞）「詞幹」的用法整理如下：

本身用法	接　　續		
	助動詞	助詞	其他
名詞形	1. です（敬體斷定助動詞） 2. ｛そうだ／そうです｝（樣態助動詞） 3. ｛らしい／らしいです｝（推定助動詞）	か	1. 動詞（複合動詞） 2. さ（接尾語） 3. み（接尾語）

現在分別敘述形容動詞詞幹的用法如下：

(一)「詞幹」的本身用法

「名詞形」

例句

① 法律で　国民の　自由を　保障します。
_{ほうりつ}　_{こくみん}　_{じゆう}　_{ほしょう}

（法律保障國民的自由。）

② 人の　幸せは　金で　買えないかも　しれない。
_{ひと}　_{しあわ}　_{かね}　_か

（人的幸福，或許不能用金錢來買。）

③ 健康は　何よりです。
_{けんこう}　_{なに}

（健康最重要。）

④ 生命の　安全を　守る。
_{せいめい}　_{あんぜん}　_{まも}

（維護生命的安全。）

注意

①形容動詞（な形容詞）詞幹轉換成「名詞」的類型有：

　a. 漢語型：自由（自由）　親切（親切）　不安（不安）
　　　　　　　_{じゆう}　　　　_{しんせつ}　　　_{ふあん}

　b. 和語型：幸せ（幸福）　哀われ（哀傷）
　　　　　　　_{しあわ}　　　　_あ

　　　　　　　我がまま（任性）
　　　　　　　_わ

　c. 外來語型：オーバー（超過）　オープン（開放）

②少數形容動詞（な形容詞）「詞幹」可表示「感嘆」

例句

　a. さあ、大変。
　　　　　　_{たいへん}

　　（唉！不得了！）

　b. おお、結構、結構。
　　　　　　_{けっこう}　_{けっこう}

　　（哦！好！好！）

③有些「形容詞」（い形容詞）和「形容動詞」（な形容詞）的詞幹（畫線部分）會相同，例如：

■ 形容詞（い形容詞）　　　　　　■ 形容動詞（な形容詞）

<u>黄色</u>い　　　　　　　　　　　　<u>黄色</u>だ（黄色）

<u>暖</u>かい　　　　　　　　　　　　<u>暖</u>かだ（溫暖）

<u>手軽</u>い　　　　　　　　　　　　<u>手軽</u>だ（簡便）

㈡　「詞幹」＋助動詞

1.　「詞幹」＋「です」（敬體斷定助動詞）

用法：表示敬體肯定（現在式 · 無時式）

例句

① 秋風は　爽やかです。

（秋風是涼爽的。）

② 態度は　曖昧です。

（態度曖昧。）

③ あの 青年 は　明朗です。

（那個青年個性開朗。）

④ 彼の 発音は　明瞭です。

（他的發音清楚。）

 注意

「です」為「敬體斷定助動詞」，詞尾變化如下表：

1	2	3	4	5
でしょ	でし	です	です	×

其各種變化的用法舉例如下：

①あの 人は　正直でしょう。

（那人很老實吧！）〔第1變化（でしょ）＋う——表示推測〕

②昨日の パーティーは　愉快でした。

（昨日的宴會令人愉快。）〔第2變化（でし）＋た——表示過去式〕

③花が　奇麗でしたら、買います。

（花美的話就要買。）〔第2變化（でし）＋たら——表示假設〕

④今日は　暇です。

（今天有空。）（第3變化——表示斷定、肯定）

2.「詞幹」＋ そうだ（常體）
　　　　　　そうです（敬體）　（樣態助動詞）

　　用法：表示眼前事物的樣子、狀態（眼看著就要～）

 記憶竅門

　　可由「～そうだ（樣態助動詞）」聯想其意為「樣子、狀態」。

例句

① あの　子供は　元気そうです。

　　（那孩子好像很有精神。）

　　（元気だ）〈字典形〉→ 元気（詞幹）

② 答えは　明確そうだ。

　　（回答好像很明確。）

　　（同上）

③ あの　学生は　真面目そうです。

　　（那學生好像很認真的樣子。）

　　（同上）

④ 彼女は　 幸 せそうです。
かのじょ　　しあわ

（她看起來很幸福的樣子。）

（同上）

 注意

> 樣態助動詞「そうだ・そうです」的詞尾變化類似「形容動詞」
> （な形容詞），列表如下：
>
> | 1 | 2 | 3 | 4 | 5 |
> |---|---|---|---|---|
> | そうだろ | だっ
そうで
に | そうだ | そうな | そうなら |
> | そうでしょ | そうでし | そうです | そうです | × |
>
> 其用法如下：
>
> ①この　 野菜は　 新鮮そうだ。
> や さい　　しんせん
>
> （這蔬菜好像很新鮮的樣子）（常體肯定句　現在式）
>
> ②この　 野菜は　 新鮮そうです。
>
> （同上）（敬體肯定句　現在式）※ ①＝②
>
> ③この　 野菜は　 新鮮そうでは ない。
>
> （這蔬菜不新鮮的樣子。）（常體否定句　現在式）
>
> ④この　 野菜は　 新鮮そうでは ありません。
>
> （同上）（敬體否定句　現在式）※ ③＝④
>
> ⑤彼は　 昨日　 親切そうだった。
> かれ　　　　しんせつ
>
> （他昨天好像很親切的樣子。）（常體肯定句　過去式）
>
> ⑥彼は　 昨日　 親切そうでした。
>
> （同上）（敬體肯定句　過去式）※ ⑤＝⑥
>
> ⑦彼は　 親切そうな　 顔を　 しています。
> かお
>
> （他有一副狀似親切的臉。）（連體形──連接名詞）
>
> ⑧彼は　 親切そうに　 説明しています。
> せつめい

（他狀似親切地在說明。）（副詞形——修飾動詞）

※「い形（形容詞）」和「な形（形容動詞）」的「否定」下接「そうだ」

時，變化如下：

⊙ よくない → よくな<u>さ</u>そうだ

　（好像不好的樣子。）

⊙ 奇麗ではない → 奇麗ではな<u>さ</u>そうだ

　（好像不乾淨的樣子。）

3. 「詞幹」或「常體」（普通形）+ らしい（常體）／らしいです（敬體）（推定助動詞）

用法：表示推測（好像～）

例句

① 彼の　顔は　真剣らしいです。

　（他的臉一本正經的樣子。）

　〈字典形〉

② この　品物は　<u>上等ではない</u>らしいです。

　（這貨品好像並不高級。）

　（現在式，否定）

③ 昨日は　<u>静かだった</u>らしい。

　（昨天好像很安靜。）

　（過去式）

④ 昨日の　テストは　<u>簡単ではなかった</u>らしいです。

　（昨天的測驗好像並不簡單。）

　（過去式，否定）

注意

形動₃（字典形）（一だ）雖然是常體（普通形），但不能接續此項用法，
例如：

（×）彼は　眞面目だらしい。

㈢　「詞幹」+ 助詞

「詞幹」或「常體」（普通形）+「か+も+しれない」

用法：表示猜想（也許～）

例句

① 戦争は　残酷かも しれません。

（戰爭也許是殘酷的。）

〈字典形〉

② 被害は　厳重では ないかも しれない。

（損害也許並不嚴重。）

（現在式，否定）

③ 昨日の 裁判は　公正だったかも しれません。

（昨天的裁判也許是公正的。）

（過去式）

④ 昨日の 結婚式は　荘厳では なかったかも
しれません。

（昨天的結婚典禮也許並不莊嚴。）

（過去式，否定）

 注意

形動₃（一だ）雖然是「常體」（普通形），但不能接續此項用法，例如：
（×）彼女は　奇麗だかもしれません。

日檢N4、N5合格・文法完全學會

㈣ 「詞幹」＋其他

1. 「詞幹」＋「動詞」

　　用法：變成複合動詞

　　例句

　　① その 問題は 簡単すぎる。
　　　　　　もんだい　　かんたん

　　　（那問題太簡單了。）

　　② この 機器は 複雑すぎます。
　　　　　　き　き　　ふくざつ

　　　（這機器太複雜。）

2. 「詞幹」＋「さ」

　　用法：當名詞用（多數形容動詞有此用法）

　　例句

　　① 静かさは そこの 取柄です。
　　　　しず　　　　　とり　え

　　　（寧靜是該處的優點。）

　　② 彼は 素直さが 足りない。
　　　　かれ　すなお　　た

　　　（他不夠老實。）

　　③ 風呂に 入ったような 気楽さを 感じた。
　　　　ふ　ろ　　はい　　　　きらく　　　かん

　　　（覺得像洗過澡般的輕鬆感覺。）

　　④ 子供の ような 清純さを 示しました。
　　　　こども　　　　せいじゅん　　しめ

　　　（顯示出像小孩般的清純。）

3. 「語幹」＋「み」

　　用法：當名詞用

① あの 人は 親切みの ない人です。
（他是個沒有親切感的人。）

② 彼女は 真剣みに 乏しい。
（她不夠認真。）

③ 先生の 言葉には 滑稽みが ある。
（老師的言辭裏有滑稽感。）

④ この 文章は 新鮮みが ない。
（這篇文章沒有新鮮感。）

三、形容動詞的語體、時式

說明：形容動詞（な形容詞）的「詞幹」不會變，只有詞尾在變，現
以「—」表示詞幹，將其「語體（常體・敬體）、時式」列表
公式如下：

語體 時式	肯定		否定	
	常體（普通形）	敬體（禮貌形）	常體（普通形）	敬體（禮貌形）
現在式 無時式	—だ	—です	—ではない	—ではないです —ではありません
過去式	—だった	—でした	—ではなかった	—ではなかったです —ではありませんでした

現以詞幹「奇麗（きれい）」爲例，套入公式如下：

語體 時式	肯定		否定	
	常體（普通形）	敬體（禮貌形）	常體（普通形）	敬體（禮貌形）
現在式 無時式	奇麗だ	奇麗です	奇麗ではない	奇麗では ないです 奇麗では ありません
過去式	奇麗だった	奇麗でした	奇麗ではなかった	奇麗では なかったです 奇麗では ありませんでした

綜合實力測驗
5回

第 1 回

もんだい 1 （　　　）に　何を　入れますか。①、②、③、④から
　　　　いちばん　いい　ものを　一つ　えらんで　ください。

1. レポートは　金曜日（　　　）出して　ください
　　①まで　　　　②までは　　　③までに　　　④までも

2. あそこに　黒い　建物が　見えます（　　　）、あれは　何ですか。
　　①でも　　　　②が　　　　　③のに　　　　④と

3. 何（　　　）あつい　ものが　飲みたいです。
　　①は　　　　　②が　　　　　③か　　　　　④も

4. 壁（　　　）子供の　かいた　絵が　はって　あった。
　　①に　　　　　②を　　　　　③の　　　　　④へ

5. その　くつは（　　　）すぎて　はけません。
　　①小さくて　　②小さ　　　　③小さく　　　④小さい

6. これから　バスに（　　　）ところです。あと　20分ぐらいで　つき
　　ます。
　　①乗る　　　　②乗った　　　③乗って　　　④乗っている

7. 天気よほうに　よると　あしたは（　　　）そうです。
　　①雪　　　　　②雪の　　　　③雪な　　　　④雪だ

8. よかったら、この　けいたいを　お（　　　）ください。
　　①使う　　　　②使った　　　③使って　　　④使い

9. 2時間も（　　　）つづけたので、のどが　いたく　なった。
　　①話す　　　　②話し　　　　③話　　　　　④話して

10. 英語の　新聞が　（　　　）か。
　　①読みます　　②読みました　③読めます　　④読められます

11. 遅れそうだ。早く（　　　）
　　①せろ　　　　②せず　　　　③しよ　　　　④しろ

12. 食べ終ったら、お皿を（　　　）ね。

　　①洗わない　　　②洗い　　　　　③洗って　　　　④洗った

13. その　ことは（　　　）ながら、話しましょう。

　　①歩く　　　　　②歩き　　　　　③歩いて　　　　④歩いている

14. きのう　日本に（　　　）ばかりで、まだ　道が　分かりません。

　　①来る　　　　　②来ている　　　③来ていた　　　④来た

15. （　　　）そうな　レストランだったので、入らなかった。

　　①たか　　　　　②たかい　　　　③たかく　　　　④たかくて

もんだい2　＿＿★＿＿に　入る　ものは　どれですか。①、②、③、
　　　　　　④から　いちばん　いい　ものを　一つ　えらんで
　　　　　　ください。

16. 今日は、雨が＿＿＿＿　＿＿＿＿　＿★＿　＿＿＿＿出掛けたくない。

　　①し　　　　　　②だから　　　　③寒そう　　　　④強い

17. A.「会議には　もう　間に合わないですね」

　　B.「今すぐ＿＿＿＿　＿＿＿＿　＿★＿　＿＿＿＿行こう」

　　①タクシーに　　　　　　　　　②タクシーで

　　③間に合うかもしれないから　　④乗れば

18. この　雑誌は＿＿＿＿　＿＿＿＿　＿★＿　＿＿＿＿やすい。

　　①大きくて　　②字　　　　　　③読み　　　　　④が

19. 会議で　使いますから＿＿＿＿　＿＿＿＿　＿★＿　＿＿＿＿ください。

　　①しりょうを　②おいて　　　　③この　　　　　④コピーして

20. 渡辺さんの　レポートは＿＿＿＿　＿＿＿＿　＿★＿　＿＿＿＿やすいです。

　　①くわしく　　②あるので　　　③書いて　　　　④わかり

正解　（第1回）

1.③	2.②	3.③	4.①	5.②	6.①	7.④	8.④	9.②	10.③

11.④　12.③　13.②　14.④　15.①

16.④①③②　17.①④③②　18.②④①③　19.③①④②　20.①③②④

綜合問題（模擬考）

249

第2回

もんだい1（　　　）に　何を　入れますか。①、②、③、④から
　　　いちばん　いい　ものを　一つ　えらんで　ください。

1. ちょっと　休んで　お茶（　　　）飲みませんか。
　　①しか　　　　　②まで　　　　　③も　　　　　　④でも

2. この　電車は　駅の　前（　　　）　止まりますか。
　　①が　　　　　　②に　　　　　　③を　　　　　　④から

3. おそく　なって　すみません。バスが　遅れた（　　　）です。
　　①は　　　　　　②し　　　　　　③の　　　　　　④ので

4. 今朝、空港（　　　）着きました。
　　①に　　　　　　②で　　　　　　③を　　　　　　④と

5. 部屋の　窓から　海（　　　）見えました。
　　①を　　　　　　②は　　　　　　③が　　　　　　④で

6. 4時ごろから　雨が（　　　）始めました。
　　①ふる　　　　　②ふり　　　　　③ふったり　　④ふって

7. ことばの　意味が（　　　）、辞書を　見て　下さい。
　　①わからないと　　　　　　　　②わからないで
　　③わからなくて　　　　　　　　④わからなかったら

8. 鈴木さんは（　　　）のに、仕事を　して　います。
　　①病気　　　　②病気だ　　　③病気な　　　④病気の

9. ニュースに　よると、きのう　京都で　じしんが　（　　　）そうで
　　す。
　　①あり　　　　　②ある　　　　　③あって　　　　④あった

10. 夜中の　3時に　電話が　かかって（　　　）
　　①した　　　　　②きた　　　　　③いった　　　④いた

11. 山へ（　　　）、傘を　持って　いった　ほうが　いい。

①行くと　　　②行けば　　　③行ったら　　　④行くなら

12. はこを　あけると、時計が（　　　　）。

①入れた　　　②入った　　　③入れていた　　④入っていた

13. 「のり」と　いう　漢字は（　　　　）書きますか。

①どんな　　　②どの　　　③どこ　　　④どう

14. （　　　　）練習しても、ゴルフが　できません。

①なにも　　　②どこかへ　　③だれ　　　④どんなに

15. 一度も　外国へ　行った（　　　　）は　ありません。

①ところ　　　②こと　　　③もの　　　④だれ

もんだい2　＿＿＿＿　★　に　入る　ものは　どれですか。①、②、③、
　　　　　④から　いちばん　いい　ものを　一つ　えらんで
　　　　　ください。

16. 今　会社へ　行く＿＿＿＿　＿＿＿＿　★　＿＿＿＿でしたね。

①じゅんびを　②いる　　　③ところ　　　④して

17. アメリカには＿＿＿＿　＿＿＿＿　★　＿＿＿＿います。

①夏まで　　　②来年の　　　③おもって　　④いようと

18. 鈴木さんが＿＿＿＿　＿＿＿＿　★　＿＿＿＿くれました。

①を　　　　　②意見　　　③まとめて　　④全員の

19. おととい＿＿＿＿　＿＿＿＿　★　＿＿＿＿行きました。

①見に　　　　②と　　　③かのじょ　　　④はなを

20. さっき＿＿＿＿　＿＿＿＿　★　＿＿＿＿電話が　ありました。

①いう　　　　②人から　　③森田さんと　④大阪の

正解　（第2回）

1.④　2.②　3.③　4.①　5.③　6.②　7.④　8.③　9.④　10.②

11.③　12.④　13.④　14.④　15.②

16.①④②③　17.②①④③　18.④②①③　19.③②④①　20.④③①②
（★16.②　★17.④　★18.①　★19.④　★20.①）

第 3 回

もんだい 1 （　　　）に　何を　入れますか。①、②、③、④から
　　　　　　いちばん　いい　ものを　一つ　えらんで　ください。

1. 「先日は　どうも　すみませんでした。」「いいえ、こちら
　（　　　）。」
　　①に　　　　　②こそ　　　　③も　　　　　④へ

2. 東京で　地下鉄（　　　）乗ります。
　　①に　　　　　②が　　　　　③を　　　　　④へ

3. 教室（　　　）入ったら、帽子を　取って　ください。
　　①を　　　　　②で　　　　　③に　　　　　④は

4. 銀行は　その　角（　　　）右へ　曲がると　すぐです。
　　①に　　　　　②へ　　　　　③で　　　　　④を

5. その　漢字は　何（　　　）読みますか。
　　①を　　　　　②と　　　　　③で　　　　　④に

6. 高橋さんは　事務所まで（　　　）行きました。
　　①走る　　　　②走り　　　　③走って　　　④走ろう

7. 日本語を　勉強（　　　）ために、日本へ　留学に　行った。
　　①し　　　　　②して　　　　③する　　　　④したら

8. 来たく　なければ、（　　　）いいです。
　　①来ない　　　②来ないにも　③来なくても　④来たくない

9. 会議が（　　　）、電気を　けして　ください。
　　①おわって　　②おわったり　③おわっては　④おわったら

10. けさは　部屋が　そうじして（　　　）でした。
　　①いません　　②しません　　③なりません　　④ありません

11. 将来は　先生に　なる（　　　）です。
　　①ところ　　　②とおり　　　③つもり　　　④あいだ

12. まどを 開けたまま ねたので、かぜを ひいて（　　　）。

①おきました　②しまいました　③ありました　④みました

13. 工場を 建てる（　　　）、お金を 借りました。

①からに　　　　②のでに　　　　③ために　　　　④そうに

14. 弟は 私（　　　）歩くのが はやくない。

①ほう　　　　　②ほど　　　　　③みたい　　　　④まで

15. 小林さんは 何時に（　　　）

①帰られましたか　　　　　　②帰りしましたか

③帰りに なられましたか　　④帰りに なりましたか

もんだい2 ＿＿★＿＿に 入る ものは どれですか。①、②、③、④から いちばん いい ものを 一つ えらんで ください。

16. 今週の＿＿＿＿ ＿＿＿＿ ＿＿★＿＿ ＿＿＿＿ください

①までに　　　②だして　　　③宿題を　　　④金曜日

17. わたしは＿＿＿＿ ＿＿＿＿ ＿＿★＿＿ ＿＿＿＿おもって います。

①と　　　　　②習わせよう　③ピアノを　　④むすこに

18. それは＿＿＿＿ ＿＿＿＿ ＿＿★＿＿ ＿＿＿＿宝物です。

①わたし　　　②たいせつ　　③にとって　　④な

19. バスの＿＿＿＿ ＿＿＿＿ ＿＿★＿＿ ＿＿＿＿足を ふまれました。

①女の　　　　②知らない　　③人に　　　　④中で

20. 高橋さんは＿＿＿＿ ＿＿＿＿ ＿＿★＿＿ ＿＿＿＿よ。

①ピアノも　　②歌も　　　　③上手だし　　④ひけます

正解 （第3回）

1.②　2.①　3.③　4.④　5.②　6.③　7.③　8.③　9.④　10.④

11.③　12.②　13.③　14.②　15.①

16.④①③②　17.④③②①　18.①③②④　19.④②①③　20.②③①④

第４回

もんだい１（　　　　）に　何を　入れますか。①、②、③、④から
　　　　　　いちばん　いい　ものを　一つ　えらんで　ください。

1. ドアに　「入るな」（　　　）書いて　あって。
   ①へ　　　　　②を　　　　　③が　　　　　④と

2. この　船を　つくるの（　　　　）3年　かかりました。
   ①へ　　　　　②を　　　　　③に　　　　　④か

3. あの　山では　夏（　　　）　スキーが　できます。
   ①とは　　　　②でも　　　　③へも　　　　④しか

4. じしん（　　　）多くの　人が　死にます。
   ①と　　　　　②を　　　　　③に　　　　　④で

5. その　草、へんな　におい（　　）します。
   ①が　　　　　②へ　　　　　③で　　　　　④を

6. あしたは　（　　　）ので、きょうは　はやく　ねます。
   ①りょこう　　②りょこうだ　③りょこうな　④りょこうで

7. さっき　雑誌を（　　　）人は　だれですか。
   ①読む　　　　②読んで　　　③読んで　いる ④読んで　いた

8. 子供は　（　　　）そうに　あそんで　いる。
   ①たのしく　　②たのしい　　③たのしくて　④たのし

9. これからも　人口は　（　　　）いくでしょう。
   ①ふえる　　　②ふえた　　　③ふえて　　　④ふえよう

10. きのう　あたらしい　喫茶店へ　（　　　）みた。
    ①はいる　　　②はいり　　　③はいって　　④はいった

11. あの　先生を（　　　）か。
    ①ごぞんじです　　　　　　②ごぞんじます
    ③ごぞんじなさいます　　　④ごぞんじします

12. ウイスキーは　もう　飲まない（　　　）に　する。

　　①ため　　　　②こと　　　　③もの　　　　④ところ

13. 急に　赤ちゃんが　泣き（　　　）。

　　①でた　　　　②きた　　　　③つづけた　　④だした

14. ワイン売り場は　地下1階に（　　　）。

　　①おあります　　　　　　②いらっしゃいます

　　③ございます　　　　　　④あってございます

15. 親友は　私に　時計を（　　　）

　　①もらいました　②やりました　③くれました　④あげました

もんだい2 ＿＿＿★＿＿＿に　入る　ものは　どれですか。①、②、③、
　　　　　　④から　いちばん　いい　ものを　一つ　えらんで
　　　　　　ください。

16. A「ほんとうに　山中さんは　きますか。」

　　B「＿＿＿＿　＿＿＿＿　＿★＿＿　＿＿＿＿みます。」

　　①どうか　　　　②きいて　　　③か　　　　　④くる

17. 田中さんは＿＿＿＿　＿＿＿＿　＿★＿＿　＿＿＿＿そうです。

　　①くるま　　　　②どんな　　　③でも　　　　④なおせる

18. 窓を　あけると＿＿＿＿　＿＿＿＿　＿★＿＿　＿＿＿＿聞こえました。

　　①こえ　　　　　②とりが　　　③なく　　　　④が

19. きょうの＿＿＿＿　＿＿＿＿　＿★＿＿　＿＿＿＿でしたね。

　　①会議　　　　　②2時　　　　③から　　　　④たしか

20. ＿＿＿＿　＿＿＿＿　＿★＿＿　＿＿＿＿　たくさん　服を　着ます。

　　①さむいです　②札幌　　　　③から　　　　④は

正解　（第4回）

1.④　2.③　3.②　4.④　5.①　6.③　7.④　8.④　9.③　10.③
11.①　12.②　13.④　14.③　15.③
16.④③①②　17.②①③④　18.②③①④　19.①④②③　20.②④①③
（★印：16.①　17.③　18.①　19.②　20.①）

255

第5回

もんだい1 （　　　）に 何を 入れますか。①、②、③、④から
　　　　　いちばん いい ものを 一つ えらんで ください。

1. かばんは そこ （　　　） おいで ください。
　　①に　　　　　②を　　　　　③で　　　　　④と

2. さけは やめた ほう （　　　） いいですよ。
　　①に　　　　　②を　　　　　③が　　　　　④で

3. 漫画（　　　）読んで いると、目が 悪く なるよ。
　　①ほど　　　　②までに　　　③しか　　　　④ばかり

4. この ビールは むぎ （　　　） つくります。
　　①にも　　　　②まで　　　　③ほど　　　　④から

5. かぜを ひいて いる （　　　）、プールで およいで いる。
　　①なら　　　　②より　　　　③のに　　　　④ても

6. バスを （　　　） としたとき、ころんで、けがを した。
　　①おりる　　　②おり　　　　③おりて　　　④おりよう

7. 私は 父に 買い物に （　　　）
　　①行かさられました　　　　　②行かせられました
　　③行かれさせました　　　　　④行かられました

8. ごごは、たぶん 雨が （　　　） だろう。
　　①ふる　　　　②ふって　　　③ふった　　　④ふれば

9. 店の 看板が （　　　） そうだ。
　　①おちなく　　②おちないで　③おちて　　　④おち

10. 人の 手紙を （　　　）は いけません。
　　①読む　　　　②読み　　　　③読んだ　　　④読んで

11. 社長の おたくで おいしい ワインを （　　　）。
　　①お飲みしました　　　　　　②お飲みに なりました
　　③いただきました　　　　　　④めしあがりました

12. 帰国したら、自分の　店を　つくる（　　　）です。

　　①だろう　　　　②ほしい　　　③つもり　　　④らしく

13. 私は　先生に　文章を　（　　　）。

　　①おなおししました　　　　　②なおして　いただきました

　　③おなおしに　なりました　　④なおして　いらっしゃいました

14. 天気が　いい　日は　窓から　とおくの　海が（　　　）。

　　①見えることが　できます。　　②見えることが　あります。

　　③見ることを　できます。　　　④見ることが　あります。

15. 姉と　妹は　まわりの　人に　いつも（　　　）しまいます。

　　①くらべて　　②くらべらせて　③くらべられて　④くらべられさせて

もんだい2　＿＿＿★＿＿＿に　入る　ものは　どれですか。①、②、③、
　　　　　　④から　いちばん　いい　ものを　一つ　えらんで
　　　　　　ください。

16. それは＿＿＿＿＿　＿＿＿＿＿　＿＿＿★＿＿＿　＿＿＿＿＿物です。

　　①使う　　　　　②のに　　　　③あける　　　④缶詰を

17. その＿＿＿＿＿　＿＿＿＿＿　＿＿＿★＿＿＿　＿＿＿＿＿ら、貸して　ください。

　　①よみ　　　　　②おわった　　③漫画　　　　④を

18. ＿＿＿＿＿　＿＿＿＿＿　＿＿＿★＿＿＿　＿＿＿＿＿どうして　売れて　いるんですか。

　　①のに　　　　　②が　　　　　③たかい　　　④ねだん

19. 事務所の＿＿＿＿＿　＿＿＿＿＿　＿＿＿★＿＿＿　＿＿＿＿＿かけて　あります。

　　①かべ　　　　　②え　　　　　③が　　　　　④に

20. あの　レストランは　食べものも＿＿＿＿＿　＿＿＿＿＿　＿＿＿★＿＿＿　＿＿＿＿＿
　　ところです。

　　①人も　　　　　②おいしいし　③いい　　　　④しんせつだし

正解　（第5回）

1.①　2.③　3.④　4.④　5.③　6.④　7.②　8.①　9.④　10.④

11.③　12.③　13.②　14.②　15.③

16.④③②①　17.③④①②　18.④②③①　19.①④②③　20.②①④③
　　　★　　　　　　★　　　　　　★　　　　　　★　　　　　　★

附錄：現代日語文法用語參考表

詞性＼變化	1	2	3	4	5	6
動　詞	未然形	連用形	終止形	連體形	假定形	命令形
形 容 詞	"	"	"	"	"	×
形容動詞	"	"	"	"	"	×

　　有關日語文法的說明書多以未然形……等來解說文法問題，作者為了使讀者易讀易懂，多以 1、2、3、4、5、6（變化）來表示，請自行參照。

　　※ 查以上詞性的單字時，需找第「3」變化（→原形→辭書形→字典形），因為字典中都是以此形態出現。

Note

國家圖書館出版品預行編目資料

日檢N4、N5合格，文法完全學會／潘東正
著. --三版--. --臺北市：書泉，2016.04
　　面；　公分.
ISBN 978-986-451-056-6（平裝）

1.日語　2.語法　3.能力測驗
803.189　　　　　　　　105003544

3AZQ 日文檢定系列

日檢N4、N5合格，文法完全學會

作　　　者／	潘東正(364.1)
發 行 人／	楊榮川
總 編 輯／	王翠華
主　　　編／	黃惠娟
責任編輯／	蔡佳伶　朱曉蘋　蔡卓錦
封面設計／	黃聖文
出 版 者／	書泉出版社
地　　　址／	106臺北市大安區和平東路二段339號4樓
電　　　話／	(02)2705-5066　傳　　真：(02)2706-6100
網　　　址／	http://www.wunan.com.tw
電子郵件／	shuchuan@shuchuan.com.tw
劃撥帳號／	01303853
戶　　　名／	書泉出版社

經 銷 商：朝日文化
進退貨地址：新北市中和區橋安街15巷1號7樓
TEL：(02)2249-7714　　FAX：(02)2249-8715
法律顧問／　林勝安律師事務所　林勝安律師
出版日期／　2009年9月一版一刷
　　　　　　2011年4月二版一刷
　　　　　　2013年7月二版三刷
　　　　　　2016年5月三版一刷
　　　　　　2017年4月三版二刷
定　　　價／　新臺幣350元

書泉出版社

書泉出版社